# ラブストーリーで会いましょう 上

砂原糖子

幻冬舎ルチル文庫

CONTENTS ✦目次✦

## ラブストーリーで会いましょう 上



✦カバーデザイン＝久保宏夏（omochi design）
✦ブックデザイン＝まるか工房

イラスト・陵クミコ✦

# ラブストーリーで会いましょう

ほんの七日ばかり離れていた間に、街は随分と暑くなった気がした。

実際、上芝駿一《かみしばしゅんいち》が一週間出国している間に、日中の気温は四度上昇していた。

さすがはヒートアイランド東京。六月の終わりが盛夏に等しい。梅雨《つゆ》の中休みとは思えないやる気漲《みなぎ》る太陽の照りつけに、上芝の目指すビルもギラギラと輝き、熱を放出しているかのようだ。

クーラーのきいた玄関ホールに飛び込むと、カウンターに並んだ二人の受付係が出迎える。私服が基本の出版社では、得体の知れない長髪の男や、パジャマと指摘されてもおかしくないボーダーラインぎりぎりのなりの社員も行き交っていた。

Tシャツにジーンズ姿の上芝は、特に浮いた存在でもない。けれど、巨大なデイパックを背負ったガタイのいい男は嫌でも目を引き、視線が突き刺さる。

愛想笑いで見知った社員であることをアピールした上芝は、エレベーターに逃げ込んだ。向かうは四階。四十人ほどの社員で構成されたフロアの島の一つだ。

「あら、おかえり、上芝くん。重役出勤ね〜」

上芝を迎えたのは、ゲラ刷りの束に向かっていた隣席の女性編集部員だった。

時刻は午後三時、重役出勤とは痛烈な皮肉なのかもしれないが、鷹揚《おうよう》な上芝は嫌味に気づかないばかりか、喜色満面の笑みを零《こぼ》す。

「おつかれさまです、川本《かわもと》さん！」

なにしろ憧《あこが》れの地からの取材帰りとあって上機嫌。彫りの深い端整な顔立ちは、黙っていると若干吊《つ》り気味の目元のせいか愛想なしに見られがちだが、今は大きめの口を笑顔に綻《ほころ》ばせ、愛嬌《あいきょう》いっぱいの大型犬のごときだ。

島角の自分の机にどさりと荷物を下ろすと、上芝は紙袋から風変わりな民芸品を取り出し始める。

「……なにそれ？」

「ナミビア土産。よくできてるでしょ？」

ピンポン球ほどの小さなヤシの実に、彫りや動物の絵付けがされた装飾品、首飾りだ。よくできてるといえなくもないが、いかんせん都会の妙齢の女性に受ける代物ではない。

そもそも、ここは女性誌の編集部。ファッションからタウン情報に至るまで、流行の最先端を発信する情報誌、『レクラン』の編集部だ。誌名はフランス語で宝石箱を意味する。誰がつけたか知らないが、とにかくヤシの実首飾りが持てはやされる場ではない。

受け取った彼女は、首飾りを指にぷらりと下げ露骨に眉《まゆ》を顰《ひそ》めた。

「ナミビアねぇ……ホント、上芝くんってそういう場所の取材だけはイキイキしてんだから。ナミビアってどこだっけ、アフリカ？」

「北アフリカですよ。南アフリカとボツワナの隣」

「南アフリカは判るけど、ボツワナってどっち……」

「有名なのはナミブ砂漠ですね、観光でも人気があります。元はドイツの保護領、かなり近代化してるらしいけど、上芝さんは一体どこを取材してらしたんだか」

俯《うつむ》いたまま話に加わってきたのは、後輩社員の森尾《もりお》だ。向かい合わせの席でなにやら作業中の小柄な男は、黒髪の旋毛《つむじ》をこちらに向けたまま手を休めることなく言う。

「へぇ、さすが知識量豊富だなぁ、森尾は。いいところだったよ、珍しい動植物もたくさん見れたし……ほら、野郎への土産はコレね」

紙袋をごそごそし続ける上芝は、一つに括《くく》られた六つの缶の塊を森尾の机に置きやった。

ドンッと音が鳴ったと同時に、一度も顔を起こさずにいた男が血相を変えて見上げてくる。

「ちょっ、ちょっとなにやってんですか！　原稿の上に置かないでくださいよ！」

「ああ、ごめんごめん。大丈夫、冷えてないから濡《ぬ》れてないし」

「そういう問題じゃないでしょ！　上芝さんっ、ホントにあなたって人は無頓着《むとんちゃく》っていうかアバウトっていうか……アレが務まるとは僕には思えませんね」

「なに、アレって？」

「上芝くんって、身長いくつ？」

ヤシの実土産を持て余し気味に未《いま》だ揺らしている川本が、謎《なぞ》の言葉に反応したように質問を投げかけてくる。

「へ？　百八十五ですけど……」

「ふーん、大方みんなの予想どおりね。土産配りもいいけど、アレ」

「みんな？　予想って？」

目線で示されたのは窓際だった。島《しま》から僅《わず》かに離れ、一つ置かれた大きめのデスク。そこに座るは、ヒラの編集部員ではなく、当然アルバイトのフリーライターでもない。上芝が気づくのを今か今かと待ち侘《わ》びていた様子で、こちらを見据えているのは編集長の田之上《たのうえ》だ。

「上芝くん、ちょっと来て」

どんなに社内の風紀……社員の服装が乱れ、気温も上昇しようとも、タイトな長袖スーツ姿でびしりとした出《い》で立ちの彼女は、見るからにキビキビ……ときにキリキリした態度にも変わる女編集長だ。

『ちょっと来て』の手招きは、大抵ろくな話じゃない。片眉が上がっていたなら尚更《なおさら》だ。

そして今まさに、田之上のアイブロウで綺麗《きれい》に描かれた眉は、右だけが不自然に上がっていた。


「う、打ち切りってなんでですか⁉」

納得のいかない上芝の声がフロアに響き渡る。

田之上のデスク前に立って数分と経《た》たないうちだった。

「理由は判ってるでしょ？　読者の反応は薄いし、取材費もバカにならない。グローバルなコーナーの一つぐらいって思ってたけど、あなたはどんどん趣味に走っちゃって、変な動植物とか原住民の取材したがるし、続ける理由がどこにあるっていうの？」

「そ、それは……」

――ない。

まったくもっておっしゃるとおり、だ。

二十五歳、勤続四年目。入社当時からこの編集部に籍を置いている上芝は、それなりに雑誌に愛着はあるものの、本来女性誌に興味はない。女性のファッション及びカフェのデザート事情に精通したところで、喜びは感じられないでいた。

そんな中、唯一心血を注いでいたコラムにあっさり打ち切りを言い渡されたのでは、意気消沈せずにはいられない。

けれど、夢とやる気だけでは雑誌は売れないのもまた然《しか》り。

「半裸の部族の流行をレポートされてもねぇ。代官山のカフェに集まるペット事情でも特集組んだほうがマシよ」

「俺にテンガロンハット被《かぶ》ったコーギー犬や、ボーダーシャツ着たミニチュアダックス取材しろってんですか！」

「安心して。コラムは完全打ち切り、コーナーは一新よ。来月からは小説家に連載でショート小説書いてもらうことにしたから」

四十代半ばと思われるが、年齢不詳。仕切りの強さだけは誰もが印象どおりの迫力の女編集長は、二の句を継がせず言い切る。

椅子《いす》に背を預けたまま上芝を見上げ、田之上は値踏みするがごとく眺めてきた。半袖《はんそで》Tシャツに包まれた締まった体に広い肩、憮然《ぶぜん》としている精悍《せいかん》な顔からきっちりしているとはいえない乱れ気味の黒髪の天辺まで、視線を走らせると思案げな顔で尋ねてくる。

「上芝くん、身長は？」

「は…い？」

今日はやけに身長を問われる。

「百八十五……です」

怪しみつつも勢いに圧《お》されて応えた。実際はプラス五ミリなのだが、そんな些細《ささい》なことを咎《とが》めたりはさすがにしないだろう。

呆気《あっけ》に取られる上芝に、田之上は言った。

「皆の言ってたとおりね。おめでとう、あなたに担当は決まりよ」

「担当？」

「小説コーナーの作家は、庭中《にわなか》まひろ先生。若い女性から主婦層まで人気のラブロマンス作家よ。うちじゃ小説扱うのは初めてだけど、失礼がないようによろしくね」

「た、担当って……恋愛小説のですか⁉　俺、そんなの読んだことありませんよ！」

「つべこべ言わない。第二編集部に頼み込んでどうにか話を取りつけてもらった人気作家先生なんだから！　まずは担当の初仕事、挨拶《あいさつ》行ってちょうだい。今日の約束よ、もう時間もないわ。はい、これ」

デスク越しに突き出されたのは、小説家先生からファックスで送られたと思しき数枚の紙の束。なにをそれほど前置きする必要があるのか、反射的に受け取った紙は長ったらしい文面の文字がびっしりと埋め尽くされており、頭には今日の日付と一時間後に迫った顔合わせの時間が記されていた。

「さぁ、行って行って！」

「って、ちょっと待ってくださいよ。俺、今帰ってきたばかり……」

「文句ならあとで言ってちょうだい！」

ヒラの編集部員に逆らえる余地などない。その勢いに圧されるまま、上芝は戻ってきたばかりのフロアを後にする羽目になった。

一時間後。辿《たど》り着いた待ち合わせの場所で、上芝は途方に暮れていた。

厳密には待ち合わせの場所の一歩手前だ。

小説家先生ご指定の店に着いたものの、中に入れない。風除《よ》けのため二重扉となった店の入り口で、上芝は店員と無駄に揉《も》めていた。

「服装がこれじゃ困るって言われても、スーツで出直してくる時間ないんだけどなぁ」

ノーネクタイで入店拒否。いかにも客を選別してます、といった風情の高級フレンチレストランだった。

店構えははったりではなかったのか、立ちはだかる店員はテコでも道を開けそうにない。

「申し訳ございません。もう少しご考慮いただかないことには……」

よりにもよってアフリカ帰り。取材費を節減すべく、ほぼキャンプ生活。砂漠土産の砂も身に纏《まと》っている上芝の、V開きの黒Tシャツにジーンズはいかんともしがたいものがあるらしい。

「弱ったな、待ち合わせなんだけど。じゃあ呼んでくれます？　たぶんもう来てると思うから……庭中って人……」

手首につけたごついダイバーウオッチで時間を確認する上芝は、目の前の店員が顔色を変えたのに気づかなかった。

「どうぞ、ご案内します」

「はぁ？」

銀行や宝石店の金庫扉より手強《てごわ》いと感じていた店員があっさりと身を引く。小説家先生は顔なじみの常連客、上客なのか……暗証番号でもプッシュしたみたいに、その名一つで上芝はご案内されてしまった。

「すでにお越しになっています」

ゆったりとしたワルツ曲流れるエレガントな店内で、勧められるままテーブルにつく。

庭中まひろは来ていると言うが、テーブルは無人だった。

澄まし返った店員は注文を取るでもない。水を運んではきたが、素早く去られてしまい一人取り残される。

「おい、ちょっと！　な、なんなんだよ、一体」

謎《なぞ》の対応に上芝は溜《た》め息をついた。

ここは注文の多い料理店。山猫ならぬ小説家先生に謀《はか》られ、揶揄《やゆ》られてるってんじゃ――そう疑いたくなるのも無理はなかった。

夕方四時。食事には半端な時間に客は数組しかおらず、優美な広い店内は奇妙な雰囲気を醸し出している。

社内の喫茶室で事足りるものを、こんな店で顔合わせをしたがる小説家先生とは一体どんな人物なんだかと思った。

有名作家というからにはそう若くはないだろう。恋愛小説を書くのを生業《なりわい》にしている人間だ。少女趣味な部屋で、人形やらぬいぐるみやらに囲まれて執筆。年甲斐《がい》もないひらひらワンピースを着て外出するような女かも――などと、偏見を頭に巡らせる上芝は、突然鳴った大きな音のほうに顔を向ける。

カシャン！

ワルツ曲の店内にはそぐわない、食器とカトラリーの激しく鳴る音。同時にすこんと隣のテーブルから飛び出したものが、足元めがけて勢いよく滑ってくる。

拾い上げてみれば、それは硬い殻が渦を巻く物体だった。

食用カタツムリ、いわゆるエスカルゴ。

フォークで突き損ねたのだろう。

「大丈夫ですか？」

通路を挟んだ隣のテーブルに顔を向けた上芝は、少しばかり息を飲んだ。

そこに男が一人座っているのは、テーブルに案内されたときに気づいていた。

視界の隅に映していたのは、スーツの後ろ姿。待ち合わせでもしている会社員だろうとあまり気には留めていなかったのだけれど、改めて見た男の顔に上芝は目を奪われる。

どこか浮世離れした男だった。

なんというか、身に纏う雰囲気がそこいらの会社員とはまるで違う。

年は二十代後半といったところか。綺麗な男だ。全体的に線の細い、けして派手な印象の顔ではないにもかかわらず目を引かれるものがある。

こちらを向いているのに、どこか遠い場所でも見つめているような憂いのある眼差《まなざ》し。涼しげにすっきりと形づいた目蓋《まぶた》の上を、深い栗色《くりいろ》の髪が一部覆っている。

「えっと……」

失態に慌てるでもなく、無言で自分を見る男に上芝は戸惑《とまど》った。

とりあえずにっこり笑ってみせる。身を乗り出すと、拾い上げたものを長い腕のリーチをフルに活用して男の皿に戻す。

「……床に落ちたものを皿に返すのか？」

無表情に等しかった男の眉間《みけん》に、皺《しわ》が浮かんだ。

カタツムリを見据えるその反応にも、上芝は鷹揚にへらりと笑う。

「ああ、けど……ほら、落ちたもんでも三秒以内に拾えば食えるって言うし？」

「…………」

「なんだよ、殻まで食うわけじゃないだろ？　いらないってんなら俺がもらうけど？　カタツムリだって生き物なんだよ。無駄死にさせたら可哀相《かわいそう》と思わない？」

皮肉ではない。自然をこよなく愛するアウトドア人間の上芝は、出された皿の食べ物は残さず綺麗に食べるのがマナーだと思っていた。

男は聞こえよがしな溜め息をつき、こちらを見た。カタリとフォークを皿に置く。神経質そうな細い指になんとなく目を釘《くぎ》づけにしていると、予想だにしない言葉が返ってきた。

「……セリフがまったく違う」

「え……？」

「エスカルゴを拾い上げた君は、さりげなく店員を呼び止め、『隣のレディに同じものを一皿』と注文し、皿ごと換えてやるんだ。君は僕のシナリオをちゃんと読んできたのか？」

「……はぁ？」

口が半開きになってしまった。

レディ？　シナリオ？

一字一句、言葉の隅々まで意味が判らない。

呆気に取られる上芝に男は続けた。

「君は『レクラン』の編集者だろう？　僕は庭中、庭中まひろだ。僕に会いにきた担当じゃないのか？　人違いならすぐにその席は空けてもらおう。そこは僕が予約しているテーブルだ」

「庭中…先生？　って、もしかして……」

不可解な男に気をとられた上芝は、当初の目的をすっかり忘れていた。

それ以前に——

「お、女じゃないんですか？」

驚きのあまり、ポカンとした間延び気味の声になる。

庭中まひろと名乗る男は、細い眉を僅かにピクリと動かした。

「君はなにも知らないのか？　ファックスを送っておいたはずだが」

言われてハッとなった。ろくに目も通さないまま、ジーンズの後ろポケットに突っ込んできた紙束を思い出す。

皺だらけになった用紙をポケットから抜くと、庭中の頬《ほお》が引き攣《つ》ったのが見て取れた。

けれど、苦笑してみせるでも、血相を変えて憤るでもない。

表情の変化の薄い男だ。けして気さくでフレンドリーな人柄などではなく、気難しいことだけは少しずつ上芝にも伝わってくる。

「まひろはペンネームだ。といっても、本名も大して変わらない」

そう言った男は、本名は『真尋《まひろ》』だと字面を明かした。そして上芝を手招き、自分のテーブルに呼び寄せる。

「君の仕事を説明しておこう」

「え……あ、はい」

「君の仕事は原稿の取り立てや、僕の文章を校正したり、こっそり改竄《かいざん》して怒りを買うことじゃない」

ヨロシクの一言もなく、愛想笑いの一つもない。堅苦しい前置きから始まった説明とやらは、上芝を唖然《あぜん》とさせるばかりだ。

「言っておくが、僕は一度も〆切に遅れたことはない。ただの一度もだ。そして僕の原稿に誤字脱字は一切存在しない。僕は常に完全な形で原稿を渡している。よって、君が通常編集者としてやっている他愛もない仕事は存在しないわけだ」

庭中は淡々と言葉を紡いだ。

一種独特の喋《しゃべ》り方をする男だった。機械人形みたいに、平らで抑揚のない口調をしている。何様とも取れる言葉。けれど庭中は特に威圧的でも、上芝を見下している様子でもない。

ただ、そう……機械的に喋っているだけだ。

反発心が芽生えるよりも先に、とある単語が上芝の頭には湧《わ》き上がり始める。

「君の仕事はただ一つ」

庭中はきっぱりと断言した。

「ただ…一つ？　な…んすか、俺の仕事って……」

いっそ毎夜の接待、高級クラブ巡りでも指定されたほうが、なんぼかマシだったかもしれない。

「君の仕事は僕が作品を書くにあたり、そのイメージをかき立てることだ。原稿を書く前に君にファックスを送る。ト書きのシナリオだ。君はそれに合わせて、僕の前で作中の男の役を演じてみせてくれればいい」

顎《あご》で示された手元を上芝は見る。握り締めてさらに皺だらけになったファックスをパラパラと捲《めく》り、そこに記された内容に愕然《がくぜん》となった。

つい今しがた庭中の気を損ねたエスカルゴのやり取りが、そこには書き綴《つづ》られていた。とどのつまり、『レクラン』で連載予定の小説のキャラクターになりきってみせろとそういうこと。しかも主役のヒロインの相手役。にわか演劇部員となって恋愛ドラマを演じろとそういう——

「む、無理ですよ、んなの！」

「無理でもやってもらう。君と会って感じた事柄を作品に取り入れる」

そのつもりで。

にこりと笑うでもなく添えられた一言に、上芝の頭に湧いていた単語は急上昇。がっちり大脳を支配した。

——変人。

それも札つきの、だ。変人に札つきもなにもなかろうと、かなり高レベルな奇人。この男は相当な変わり者に違いない。

「君、身長はいくつだ？」

上から下へ、下から上へと眺め回し、上芝の出で立ちを確認した庭中は不服げに問う。

またか、と思う余裕もなく上芝は答えた。

「……百八十五ですけど」

「それ以外なに一つ合ってないな。僕が担当に指定したのは、『富豪の一人息子で、物腰のスマートな青年実業家』風の男だ。どこをどうとったら君になるんだ」

　さりげに……いや、多分に失礼だ。けれど実際、砂漠の砂まみれのTシャツ姿の男は青年実業家風にはほど遠い。

　ムッと口を引き結ぶしかない上芝に、なおも庭中は言ってくれた。

「まぁ、そうそう小説のキャラクターどおりの男なんて存在しないか。君で妥協しよう」

　フォークとナイフを握り直すと、上芝の戻したエスカルゴをはね除《の》ける。

　ころんと皿の端に移動したそれをきっちり無視し、器用な手つきでほかのエスカルゴの殻を外し始めた。

「次からは僕の指定どおりの服装をしてきてくれ。それから、言っておくが僕はなにより自分の予定を乱されるのが嫌いだ。心に留めておくように」


　店を出てすぐに乗り込んだタクシーの中で、自宅に向かう庭中は不機嫌だった。

　とんだ番狂わせだ。

　もともと気の乗らない仕事だったが、やってきたアレはどうだ。上芝……なんといったか、名前なんてどうでもいい。

　長身のハンサム。条件は一部どうにかクリアしていたが、残りは掠《かす》りもしない。落ちても三秒以内なら大丈夫って、一体どこの野山育ちだ。

「その先の角を入ればいいんですよね？」

運転席からかけられた言葉に、車窓に物憂げな顔を向けていた庭中はハッとなった。頬杖《ほおづえ》をついていた手を外して確認する。常に正確な時間を刻む庭中の腕時計は、午後七時四十五分を示していた。

「そうです。ああ、アクセル踏まないで。もう少しゆっくり走ってください」

「え、ゆっくり？」

「八時に家に帰宅する予定ですから」

速く走れと急《せ》かす客は多くても、速度を緩めろと訴えてくる客は珍しい。妙な頼みをする庭中に、初老のタクシードライバーはミラー越しに怪訝《けげん》な表情を見せた。

高速道路なら間違いなく最低速度制限に引っかかっただろう。バッシングしてくる車がないのは幸いだった。のろのろと住宅道をうねり進んだ車は通常の倍の時間を費やし、一軒の家の前に辿り着いた。

一人住まいの庭中の家だ。去年建てたばかりの住居だった。打ち放しコンクリートのシンプルな外観の家は、都会的にも見えるが、単に機能性を重視した結果だった。

薄闇《うすやみ》に浮かぶ家は、立ち並ぶ瓦《かわら》屋根の古い家々の中で奇妙に浮き立っている。

喧騒《けんそう》をさけるべく選んだ町だった。周囲一キロ四方学校と名のつくものはなく、若者の集まる店もない。うるさく吠《ほ》え立てる犬のいそうな犬小屋の影もなく、十年先も地下鉄工事の予定は入っていない。

選別に選別を重ねて選んだ土地。しかし庭中は小説家であって、国税調査員ではない。住人の家族構成を知る術《すべ》はなく、ましてや人柄まで窺《うかが》い知れるはずもなかった。

「……降り出しそうだな」

日も沈み急速に暗くなり始めた空を、不穏な雲の塊がうねっている。タクシーの後部シートから、庭中は呟《つぶや》きながら降り立った。

ふと周囲に視線を巡らせると顔を顰《しか》める。

隣のアパート前に、見慣れた顔の男が座り込んでいたからだ。

名は知らないが、アパートの二階の住人だ。駐車場の低いブロック囲いは、ちょうどいい椅子扱いで、アパートの前に腰を下ろしている姿を見るのは珍しくない。

大学生ぐらいの若い男だが、フリーターだと庭中は踏んでいる。平日の昼間からうろついているのは日常茶飯事。まともな職についていると好意的に考えるには、男の髪は色を抜ききった茶髪だった。

そして、ホモだ。

偏見でも勝手な想像でもない。おそらく近所の住民は漏れなく知っているであろう、確定した事実。今もブロックに腰をかけた男は隣に並んだ背の高い男にしなだれかかり、なにやらはしゃいでいる。

男が笑う度、外灯の下で茶色の頭が揺れる。

「なんでだよ～、ケチ。来週まで会えないの寂しいだろ」

笑っているかと思えば次の瞬間には拗《す》ねた声を出し、隣の男の頬を強引に捉《とら》える。多少は羞恥心《しゅうちしん》があると思しき相手の男が押し留めようとするのも構わず、茶髪はあろうことか往来で口づけを交わし始めた。

走り去っていくタクシーから庭中が降り立ったことなど、もちろん気づいちゃいない。目障りだ。

余計なものを見てしまったと、庭中は足早に自宅に転がり込んだ。

革靴を脱ぎながら確認した時計はタイミングよく八時ジャスト。ホッと胸を撫《な》で下ろし、居間に向かう。電話の上に位置する壁掛けカレンダーを、庭中は習い性で見た。

物珍しくもない風景写真の大きなカレンダーには、数本かけ持ち中の仕事の予定が書き込まれている。けれど、庭中はそれには目もくれず、隣の日めくりカレンダーを凝視した。

細長い日めくりカレンダーだ。格言だの日々の一句だのの印刷の代わりに、多くを占めたメモ欄。白紙のまま破り捨てられる日が大半でもおかしくないその場所は、庭中の右上がりの文字がびっしりと埋め尽くしていた。

「八時帰宅……」

庭中はスケジュールを確認する。

明日の予定ではない。今夜の残りの予定だ。

就寝時間、起床時間、執筆の時間は当然のこと、食事を摂《と》る時刻から……果ては新聞に目を通す時間まで、庭中は日常の瑣末《さまつ》な行動の一つまですべてを綿密に予定立てていた。

一つでも、ほんの僅かでも狂えば酷《ひど》く苛立《いらだ》つ。そんなに狂いが気にかかるなら、逆に初めからスケジュールなど割り振らなければいいと誰かに言われたことがあるけれど、それは庭中には無理な話。洗濯物を干すのが嫌いなら、洗わなければいいと言われているようなものだった。

先を決めずに行動するのは、暗闇にヘッドライトを消した車で突っ込んでいくような感覚を覚える。

就寝までの残りの予定を確認した庭中は、予定どおりにコーヒーを淹《い》れ始めた。

エチオピア産の拘《こだわ》りの自然農法豆をミルで中挽《ちゅうび》きし、ドリップする。疲れを癒《いや》す一時《いっとき》、香ってきたロースト香に、自然と緊張も解《ほぐ》れる。

コーヒーを飲む時間はきっちり十五分。定めた時間の中で行動するのは、庭中にとってこの上ない安らぎだった。

一人きりのキッチンのカウンターで頬を緩ませ、カップに注いだコーヒーを嬉《うれ》しそうに啜《すす》る。ささやかな幸せの一時に庭中は至福の気分で目を瞑《つぶ》りかけ、鳴り響いたドアベルにうっとなった。

ベルが鳴る予定はない。

苛立ちながらも無視はできない性分だ。庭中は荒い足取りで玄関に向かう。

「ああやっぱりいた。はい、回覧板」

ドアの向こうに立っていたのは、今しがた同性の恋人と戯れていた茶髪男だった。

「回覧板なら、ドアノブに引っかけておいてくれといつも言ってるだろう？」

「雨が降り出したからさぁ、ポスト入らないし直接渡したほうがいいかと思って。やっぱ梅雨だね、今日は晴れたと思ったらこれだよ」

庭中が悪感情を抱《いだ》いているとも知らず、男はのん気に応える。

間近で見れば、愛嬌のある顔をした男だった。明朗快活そうな大きめの眸《ひとみ》は、興味深げに広い玄関を見回している。

振られた天気の話題に乗るでもなく、庭中は硬い声で返した。

「回覧板を持ってくるのなら、前もってそう言え」

キョロキョロと落ち着きなく彷徨《さまよ》っていた男の目が、ピタリと動きを止める。

「前…もって？」

「メモ用紙ぐらいポストに入るだろう？　持ってくる時間を先に伝えろ。じゃないと予定が狂う」

庭中は受け取ったバインダーを捲り、視線を落とすと事もなげに言い放った。

「それから、ついでだから言っておく。駐車場で男とイチャつくのはやめてもらおう。目障りだ」

庭中の辞書に、謙《へりくだ》る、仄《ほの》めかす、婉曲《えんきょく》などの言葉は存在しなかった。いや、知識としては仕事に活用されているが、行動には当てはまらない。

ストレートに窘《たしな》められ、男は顔を強張らせる。

「べ、べつにあんたに迷惑かけてないだろ？　アパートの駐車場はアパートの土地じゃん。住民でもないあんたに言われる筋合いないね！」

「僕の土地じゃなくても、僕の視界は僕のものだ。帰宅途中に君と男が戯れる光景を見る予定は入っていない。おかげで気分を害した」

興奮気味の相手の声もどこ吹く風。庭中は回覧板に目を通しながら言った。

「そうだな、どうしても僕の目につく場所でそうしたいのなら前もって言ってくれ。メモ書きでいいから」

「へ……？　ま、前もって？」

冗談ともつかないセリフを、庭中は大真面目《おおまじめ》な顔で告げる。

男は毒気を抜かれた表情になった。自分と接する人間の誰しもが、目を丸くしてみせたり、口を半開きにしたり……ぽかんとした顔になるのに庭中は慣れていたが、理由はいつも判らなかった。

変なことを言っているつもりはない。

「さぁ、用が済んだなら帰ってくれ」

腑《ふ》に落ちない顔の男を押し出し、扉を閉める。

つまらない回覧板のせいで、時間をロスしてしまった。

町内会の収支報告、バザーへの誘い、押し売りでないだけが取り柄の魅力ないチラシの数々。靴箱の上に置いたボールペンを取ると、バインダーの頭に挟まれた回覧票にサインを入れる。アパートの住民の欄に、一際悪筆で大きく書かれた名前があった。

八川《はちかわ》。茶髪のゲイの名前かと庭中は思ったが、興味はなかった。

それよりカウンターに残したコーヒーだ。気がかりなのはロスしてしまった時間のことで、焦る庭中はペンを放り出そうとしてしくじった。

カツン。靴箱の角に弾かれ、ペンは落下する。

足元に手を伸ばした庭中の頭に過《よ》ぎったのは、小一時間ほど前に見た編集者の顔だった。エスカルゴを拾い上げ、あろうことか皿に戻したふざけた男の顔だ。

今日はろくな男に会わない。

舌打ちしたい気分で玄関を後にした。

◇　◇　◇

「……本当にない」

使用されずじまいの赤ペンを握り締めたまま、上芝はぼやいた。

「なにがないんです？」

肩越しに机をちらと覗《のぞ》き込んできたのは、背後を通りかかった森尾だ。上芝は今朝方届いた原稿を前に唸《うな》っていた。

「いや、校正箇所が……」

「校正？　ああ、それ例の小説コーナーの原稿ですか」

「なんかさ、信じられないんだけどミスが一箇所もないんだよな。こんな原稿あるわけないっていうか……ああ、でもココ、前出と漢字違ってるから一応確認とって……」

「やめたほうがいいですね。使い分けに決まってます。確認なんてしたら、あのロボットみたいな口調と能面顔でどんな非難浴びせられるか……」

上芝は顔を上げ、回り込んで向かいの席につこうとしている男を見た。

「森尾、なんかよく知ってるな……って、ちょっと待て。おまえって、確か去年ウチに来る前は第二編集部だったよな？」

第二編集部は小説誌を発行している部署だ。自分と同じくこの『レクラン』編集部では浮き気味の男が、庭中のホームグラウンドからやってきているのを上芝は思い出す。

極めて地味な太い黒縁メガネに、尋ねずともインドア派と判るひょろりと痩《や》せた体。森尾は、今でも見るからに文学青年チックな男だ。

「なんだよ、おまえ小説詳しいんじゃないか！　俺より担当適任なんじゃ……」

「冗談じゃない！」

森尾は間髪入れずに抵抗した。

「に、庭中まひろの担当なんて、担当なんて……」

『うわぁあっっ!!』とでも叫び出しそうな勢いで頭を抱える。

黒縁メガネが激しく歪《ゆが》むのもお構いなし。どうやら情緒不安定に陥るほどのトラウマがあるらしい。まさか庭中がそこまで恐ろしい逸話持ちの人物だったとはだ。

上芝は編集者になってまる三年と少し。個性的な人間の多い業界内で、幾多の変わり者と仕事をした経験があるが、確かに庭中は異色だった。

件《くだん》の小説原稿に視線を落とす。

ショート連載の初回原稿を、庭中は〆切まで一週間もの猶予を残して送りつけてきた。

そして宣言どおり、誤字脱字の類《たぐい》は一切存在しない。

「完全な状態で送る…か」

ちまたの女性に絶大な支持を得ているという、庭中のロマンス小説。誕生日に恋人の男にすっぽかされ、高級レストランで待ちぼうけを食らった冴《さ》えない女が、一生縁のあるはずもないすべてを備えた美貌《びぼう》の青年実業家と奇跡の出会いを果たす初回。

なんてことないシンデレラストーリーだ。どこが面白いのか判らないが、奇跡ぶりがうまく誇張されていて、文章には引き込まれるものがある。

理解できずとも、この作風がウケていると言われれば、編集者として認めざるを得ない。

問題はあの小芝居だ。

高級レストランで奇跡……じゃない顔合わせをしたのは先月。週刊誌である『レクラン』の連載に合わせ、今後も小説の〆切は次々やってくる。その数にきっちり比例し、打ち合わせと称した庭中のイメージ増幅のための小芝居をやらされるのだ。

「……アレさえなけりゃなぁ。誰かほかに……」

赤ペンをゆらゆら揺らしてボヤキに戻れば、のん気な声が頭上から降ってくる。

「よ、上芝、なんか久しぶりだな」

「滝村《たきむら》……」

確かに久しぶりに見る顔は、上階の編集部にいるはずの男だった。上芝とは同期入社で滝村という。

「聞いたぞ？　残念だなぁ、おまえのやってたコラム、打ち切りになったんだって？」

少しも残念そうな表情ではない。同期入社のライバル心か、単なる気安さからか、なにかと仕事を茶化しにやってくる男だ。所属は第四編集部、男性向けのファッション誌を中心に発行している部署で、ファッションに心血注いだ派手ななりを『仕事だから仕方ない』と滝村は言っているが、入社前の面接試験で顔合わせたときからそうだった。

見るからに軽薄そうな男は、実際軽い。しかし交友関係も含めて派手好きなだけあって、甘い顔立ちは一言で言えばハンサム。上背もある。

身長は、恐らく百八十センチ台半ばだ。

「滝村か……おまえがウチの編集部員だったらなぁ」

打ち切り話にも乗らず、男を見上げた上芝は溜め息をつく。

「なんだそれ、なんかあったのか？」

「コラムの代わりに小説家先生の担当になったんだよ」

ただの担当じゃない。小芝居要員だ。

同情を買うつもりはなかったものの、問題を説明すると滝村はあろうことか噴き出した。

「なかなか面白そうな先生じゃないか」

あっはっはと一笑い。所詮《しょせん》は他人事《ひとごと》だ。

向かいの机の森尾が、ぱらぱらと書類を捲りながら冷めた声で言い放つ。

「『面白そう』で仕事が成り立てばいいんですけどね。青年実業家風のスマートな金持ち男、だそうです。上芝さんの役は」

「へぇ、だったら上芝でちょうどいいじゃん。あながち外れてないし」

「滝村！」

意味深な言葉を上芝は制したが、森尾は顔を起こすと首を傾《かし》げた。

「外れてない？　どの辺がです？　上芝さんは青年実業家じゃないし、スマートなんてまるで印象にないし、金持ち……」

「なんだおまえ、同じ編集部にいてなんにも知らないのか？　オタクはこれだからなぁ。本ばっか読んで頭でっかちになってないで、人付き合いを少しは大事にしろよ」

「ちょっ……僕はオタクではありません。滝村さんこそ、人付き合いばかりやってないで、少しは本も読まれたらどうですか？　ああ、第四編集部じゃあ知性は必要ありませんかね？」

「なんだと、このメガネっ……」

どこからか話がずれ、子供のケンカでも始まりそうな様相になってきた。

タイミングよくか、見るに見かねてか、女編集長田之上の鋭い声が割り込む。

「上芝くん、庭中先生からファックス、届いてるわよ」

ぬっと滝村との間に突き出されたのは、最初のときと変わらない数枚に及ぶファックスだ。

「へぇ、噂《うわさ》をすればなんとやら。例の小説家先生からの……なんだこのファックス、やけに長いな」

興味津々の顔をして滝村は覗き込み、手にした上芝はげっとなった。

『十五日、十八時待ち合わせ。場所は……』

分厚い不吉な紙束は、次の打ち合わせの詳細だ。きっちりした……し過ぎた性格の表れたファックスには、数日後の待ち合わせの埠頭《ふとう》の位置が地図つきで示されている。

判りやすさはありがたい。約束の時間が一方的に決められているのも、人気作家先生だから受け入れざるを得ないとして——

上芝の目を釘づけ、点にさせたのはアンダーラインつきで記された謎の一文だった。

『待ち合わせには必ず三十分遅れること』


「なんで三十分も遅れたんだ！」

会って早々、開口一番の庭中の言葉に、数日前点になっていた上芝の目は飛び出しそうになった。

シナリオ片手の打ち合わせの日だ。夕方指示どおりに埠頭に到着した上芝は、夕陽に包まれて停車している一台の車を発見した。

沈みゆく夏の太陽に、橙《だいだい》色に染まった海面がチカチカと名残惜しげに光っている。優しい夕暮れ時の景色。その中に、シルバーの滑らかなラインを描く車は停まっていた。

車体に凭《もた》れた庭中は、人待ち顔で立っている。

「あなたがそうしろって言ったんでしょう!?」

新手の編集泣かせか。あまりに理不尽過ぎる展開だった。遅れろと言っておいて、怒りをぶつけてくるとは一体どういう了見なのか。

解せない男だ。

「セリフが違う。シナリオ、読んできたんだろう?」

庭中は早くも苛ついた様子で頭を抱え、上芝は『ああ』と合点がいった。

芝居の内容、らしい。

「今日は初めてのデート、すっぽかされたかもしれないと落ち込みながら待っていたヒロインに叱《しか》られた君は、こう言うんだ。『君に贈ろうと思っていた色のバラの花が見つからなくて、探していたら遅れてしまった』とね」

真夏でありながら寒イボの立ちそうなセリフ。頭を抱えたいのはこっちのほうだ。

上芝は砂漠で砂を被るのは平気でも、甘い言葉を囁くのは性分として無理だった。男として正しいのか否か、女性に対してそのような口説き文句を並べた経験はただの一度もない。

しかし、逆らう術はなかった。

そもそも庭中は、微妙に上芝の顔が引き攣ったのにも気づいていないようだ。

「で、花束は? 買ってくるようにシナリオに書いておいたはずだけど」

「ああはい、これ」

上芝は左手に握り締めていた花束をずいっと差し出す。

薄紫とパウダーブルーの二色の不織布と、透明セロファン紙に包まれた大きな花束だった。

受け取った庭中は、黙り込んだ。俯いて目を覆った長めの前髪を、無造作に幾度か掻《か》き上げたのち、むすりと一言零した。

「……花が違う」

「ああ、すみません。花屋にちょうどいい色のバラがなかったんで代わりに……」

「店になかったら都内中を巡って探してくれ」

「と、都内中って……」

「勝手に花を決めないでくれ、と言ってるんだ。そういう設定なんだよ。シナリオに書いていただろう？」

二言目にはシナリオ。なんともまぁ、頭の硬い男だ。

第一、都内中を探し歩いても見つかるかどうか、である。

庭中が指定したバラの色とは、淡い様々な色が花弁に織り交ざった玉虫色。かぐや姫じゃあるまいし、『竜の首の五色に光る珠』とでも指定されているようなものだ。

つまりは、それほど熱心に求愛する男を演じろ、ということだろうか。

「いや、でも……先生にはこういう花がイメージかなぁと思ったんで、俺」

上芝が選んだのは、清廉《せいれん》な白と瑞々《みずみず》しいグリーンの茎が美しい花、カラーの花束だった。決して間に合わせに、『そこのバケツの生きのよさそうな花で一束』、などと八百屋で籠《かご》入りトマトを選ぶように購入してきたわけじゃない。

どうにも落ち着かない花屋の店内を何度も往復し、上芝なりに頭を悩ませて決めた花だった。

「僕のイメージ？」

庭中は不思議そうに返す。

花を見つめ、ゆっくりと目を瞬《しばた》かせた。

自分に関心がないのか、まったくピンとこないらしい。

「僕に似合う花じゃない、ヒロインに合う花束だ」

庭中は緩く首を振った。頑固な偏屈男は、上芝の気遣《きづか》いを一蹴《いっしゅう》する。

「それから、『先生』はやめてくれ。これからシナリオどおりデートをしようってのに、先生なんて呼ばれたんじゃ浮かぶイメージも浮かばない」

「で、デート……ですか。じゃあなんて呼べば……ま、まさかユウコさんって呼べってんじゃ？」

ユウコは庭中の作中のヒロインの名だ。頷《うなず》きかけた庭中を、上芝は必死で押し留めた。

「いくらなんでもそりゃ変でしょ。周りにもなんて思われるか！」

「べつに通りすがりの他人にどう思われようと、僕は痛くも痒《かゆ》くもない」

庭中は平気だろうが、並みの神経しか持ち合わせていない上芝は平気じゃない。

「せ、せめて庭中さんで……ほら、そこまでやるってなると、先生もなりきって女装とか必要になりますよ？」

痛い、痛過ぎる。女装の一言にも表情を変えない庭中に、よもや『そうしよう』と頷かれてしまうのではないかと背中に嫌な汗を覚える。

「判った、それでいい。早く出よう、もう予定時間を過ぎてる」

幸い墓穴掘りにはならなかった。

庭中は譲歩し、顎をしゃくった。腕時計を睨《にら》み見る傍ら、車に乗れと指示してくる。

「この車、庭中さんのですか？」

赤や黄色のいかにもな派手な車ではないとはいえ、スポーツカータイプの外車。庭中の趣味ではない気がする。

「知人に頼んで借りたんだ。免許は持ってるが僕は車に興味は……どこに乗ろうとしてるんだ！」

「助手席ですけど？」

「君が運転するんだ。ヒロインに運転させる気か、君は」

「なるほど……俺が、ですね」

自分が車の運転ができなければどうするつもりだったのだろう。用意周到なわりに抜けているというか……意外に考えなしなところのある男だ。

もし免許を持ってなければ、この仕事はお役御免になったのだろうか。ぼんやり頭を巡らせつつ、気乗りしないまま運転席側に回りかけた上芝は、再び鋭く庭中に呼び止められた。

「ドア！」

「え？」

「ヒロインにドアを開けてやるんだ。デートだぞ？　エスコートもなしか？　君の役目は……」

「物腰スマートな青年実業家風の男、でしょ？」

「そうだ。判ってるじゃないか」

小言は牽制《けんせい》しておくに限るとばかりに、不満たっぷりの口調で言ったにもかかわらず、庭中は満足そうに頷く。人の心の機微に鈍感なだけあって、自分に向けられた嫌味の類にも鈍いらしい。

神経質なわりにどこか単純。助手席のドアをわざとらしいまでの恭《うやうや》しい仕草で開けやると、庭中はますますお気に召した様子で車に乗り込む。

「ありがとう」

単にヒロインになりきってのセリフだったのだろうか。

言葉と同時に、その口元が緩んだのを上芝は目にした。常に不機嫌そうに閉じている薄い唇が、初めて僅かばかり……そう、ほんの少しだけれど綻んだのだ。

「なんだ……ちゃんと笑えるんだ」

思わずぽつりと漏らす。

堅苦しい変人のこの小説家は、笑ったりしないのだと思い始めていた。犬や猫が機嫌がよくとも絶対に微笑んだりしないのと同じ理屈だ。

「なにか言ったか？」

助手席から怪訝な表情で仰《あお》がれ、慌てて首を振る。

「いえ、なんでもありません」

ドアを閉じながら、上芝はもう一度笑った顔が見てみたいような気がした。


突然車内に響き渡った騒音に、庭中の表情は険しくなった。ぎゅっと眉根を寄せ、反射的に両手で耳まで塞《ふさ》ぐ。

「なんだ、その曲は！」

カーステレオの音量を調整している運転席の男は、しれっとした邪気のない顔で応える。

「ラブソングです。庭中さん、ご所望だったでしょ？」

車内でかけるBGMのCDを用意しろ、とシナリオに書き添えておいたのは自分だ。けれど、頼んでおいたのはムーディなラブソングであって、騒音じゃない。

「これのどこがムーディなんだ！」

選曲しておかなかった自分が迂闊《うかつ》だったと思い知る。

庭中はあまり音楽には詳しくなかった。だが、漠然と思い描いていたのは女性ボーカルがハスキーヴォイスで愛を切々と歌ったりする古き良き曲であって、間違っても民族楽器音混じりのジャマイカ音楽じゃない。

「そうですか？　これ、わりと詞とかいいんですけど……あ、国内盤だから歌詞カードありますよ。見ます？」

「いいから消せ、早く消せ！」

CDを停止させると、代わりにスピーカーに入ってきたのはAMラジオ。飛び込んできたのはコブシの見事に利いた演歌だった。

ラブソングには違いないが、これまたムーディとは言いにくい。

庭中はカーステレオに飛びつき、ラジオも落とした。

無音の車内に気まずい空気が流れる。

高速道路に乗った車は、順調に走り続けていた。庭中は車窓を流れる街の夜景に目を向けたまま、沈黙する。

せっかくの湾岸ドライブが台無しだ。

これでは、これから恋の炎が燃え盛る作中の二人……というより、むしろ別れの迫った倦《けん》怠《たい》期《き》カップル――

少しもそれらしいいい雰囲気にならない。

ムーディなラブソングがジャマイカ音楽とは、一体どういう感覚だ、この男は。

「和むと思ったんだけどなぁ」

ハンドルを握る上芝は、がっかりした声で呟く。

失望させられたのはこっちだ。ジャマイカ音楽もさることながら、服装も気に食わない。

あれほどフォーマルなスーツを指定しておいたのに、その格好はなんだと思う。

横目で確認した上芝の服は、目に眩《まぶ》しいほど発色のいい水色のTシャツと、庭中の目には履き古しにしか見えないジーンズだった。

「……言っておくが、僕は君と和みにきてるんじゃない。ロマンティックなムードとはどんなものかを確かめにきてるんだ」

窓に頬杖をついた庭中は、湾岸沿いに灯《とも》ったおびただしい数の光を見つめる。

「でも、とってつけたようなムード作りって、胡散臭《うさんくさ》くありません？　いかにも狙《ねら》ってますっていうか、下心まる出しみたいな感じだし、俺はあんまり好きじゃないです」

庭中のきつい一言にも、上芝はへこたれず笑って返してくる。

「そんな心配をするのは、君に普段下心があるからだろう？」

「あはは、下心のない男なんていませんよ」

「それは普通の男だろ。僕が作品にイメージしているのは、完璧《かんぺき》な男だ」

普通の男はお呼びじゃない。

読者が求めているのは完璧な男だ。顔も性格も、もちろん財力も。

夢物語。求めても得られる確率が低い男だからこそ、作中に仕立て上げるのだ。

「そんな血の通ってなさそうな男、魅力的ですかね？　ほら、美人は三日で飽きるって言うし、少しぐらい難ありの人間のほうが面白いと思うけどなぁ」

どこまでも嚙《か》み合わない男だ。

「無駄口はやめてセリフを言ってくれ」

蟀谷《こめかみ》を押さえた庭中の、頭痛を覚える時間は続いた。

シナリオどおりのセリフを上芝が口にしてもどこか上滑り。ぎこちないのは目を瞑るとしても、時折予期せぬアドリブが入ってくるのが我慢ならない。

どうしてこの男は、ただ言われたとおりにやるだけのことができないのか。

積もり積もった場当たり的な行動の数々に、庭中のストレスは溜まる一方だった。一時間足らずのドライブを終える頃には、加重オーバーに達しようとしていた。

「庭中さん、具合でも悪いんですか？」

シートにぐったりと身を預け、頭を垂れた庭中に上芝は心配そうに話しかけてくる。

――君のせいだ、そのくらいも判らないのか。

反論は普通ならすぐに喉《のど》から飛び出す。言わずに流したのは、上芝に遠慮してではなく、口を開くのも億劫《おっくう》だったからだ。

「少し休んでいきますか？　車停めて、外の空気でも吸ったほうが……」

「七時半にドライブを終えて、八時には帰宅する予定だ。のんびり車を停める時間はない」

「でも……先生、なんか気分悪そうだし。あ、ほら、えっと……俺も慣れない喋りで舌が疲れたっていうか、休めたらいいなぁなんて」

「結局自分が休みたいだけか。そうならそうと、先に言ってくれ」

「はは」

上芝は曖昧《あいまい》に笑った。言葉を額面どおりにしか受け取らない庭中は、その裏にほかの理由が隠されているかもしれないなどとは想像もしない。不可解な男の我儘《わがまま》に一瞬首を傾げてみるも、考えるのはすぐに放棄した。

時間がない。庭中の頭を支配するのはそればかり。後部シートに放り込んでいたバッグから分厚い茶色の革手帳を取り出すと、ささったペンを手に予定を書き換え始める。

「……なんですかそれ？」

上芝は、細かな文字の詰まった手帳を不思議そうに覗き込んでくる。

「見て判らないのか？　スケジュール帳だ」

「いや、それは判りますけど……凄《すご》いっていうか、んな綿密に立てる必要があるんですか？」

「必要があるからやってるんだ」

「でもそれじゃ、スケジュールを立てる時間なんてのもスケジュールに入れる羽目になっちゃいますね」

少し声を立てて笑った男に、庭中は表情も変えぬまま応えた。

「朝の九時から十五分間だ」

「へ……？」

「だから、スケジュールを立てる時間だよ。そう決めている」

納得したのかしないのか、上芝は目を瞬かせた。笑いに緩んでいた口元が、薄く開いたまま硬直する。知りたがるから教えたまで。なのに、何故そこで言葉を失うのか判らない。

ヘラヘラ笑っているかと思えば押し黙られてしまい、庭中は落ち着かなかった。

細かなスケジュールどおりに行動するのを人に驚かれはしても、今まで感心されこそすれ戸惑《とまど》われたためしはなかった。

どこの編集の反応も同じだ。

『庭中先生はきっちりしていらして助かります』

ＣＤのトラックをなぞるみたいに同じセリフが返ってくる。それ以外はない。高齢の編集者に濁声《だみごえ》で言われるか、若い女性編集者に甲高い声で言われるかだけの違いだけだ。

結局、上芝は車を停めるまで無言だった。

車は元いた埠頭へと戻り着く。客船ターミナルの傍《そば》に車は停車し、庭中は外に出た。

ターミナルにはまだ明かりが残っているものの、埠頭には目を引くような客船も艦船も接岸しておらず、見物がてらに夜景を見にくる車の姿はない。

辺りは静まり返り、夜風が心地よかった。

「あのさ、庭中先生……んな張り詰めた生活で疲れません？」

背中にかけられた声に振り返り、運転席から降り立った男を見上げる。

本当に背が高い。一瞬そう感じ取ったのち、問い返した。

「疲れる？」

「ゆとりっていうかさ、自由な時間ってないでしょ？」

庭中は小さく息をつく。

「君に心配されなくても、休みなら取ってる。外出したければ予定に入れて……」

「そうやってつくるんじゃなくってさ！　なんていうかな、その……なーんも考えずにぼーっと過ごす時間とか、先生にあんの？」

「だから、ゆっくりしたければ今みたいに予定に……」

なにを問い詰められているのか、まるで理解できない。

ただ、自分が目の前の男の望む返事をしていないのだけは判った。庭中にもはっきりと認識できるほど、上芝は表情を曇《くも》らせていた。

それでも自分から目を逸《そ》らそうとはしない。臆《おく》せずじっと自分を見つめてくる男の眼差《まなざ》しに、なんとなく居心地の悪い気分になる。

庭中は掻き上げようとした前髪をくしゃりと握り締め、車のボンネットに腰をもたせかけた。

「君とは……なにを話しても嚙み合わないな。君といても作品のイメージはしぼむ一方だ」

「先生は……いつもこんなことやってんですか？　車まで借りて作品ごとに？」

ボンネットの隆起したヘッドライト部をするっと撫でながら、上芝は問いかけてくる。

「滅多《めった》にやらない。慣れない内容の作品を書くときだけだ。今回はショートストーリーの連載で、今まで書いた経験がないからだ」

「かえって時間を食い潰《つぶ》すだけじゃないですか？」

波立つこともない夜の静かな海面を見つめ、庭中は言った。

「文を書くだけなら、スケジュールどおりパソコンに向かっていればできる。話も計算立てて構成すればいい。ただ……時々判らなくなるんだ。恋愛小説の書き方が」

「判らない？」

「恋愛をした経験がないから、表現が間違っていないか心配になる」

「経験がないって……人を好きになったことがないんですか？　一度も？」

もう何度目だろう、この男のこんな顔を見るのは。

上芝の驚愕《きょうがく》しきった顔に、よく驚く男だと思った。そういえば、シナリオを作る理由を話したのはこの男が初めてだと気がつく。

必要がなかったから話さなかった。不要だったのは、誰も尋ねてはこなかったからだ。

自分がそうしたいと言えば、誰もシナリオを読むことに異論は唱えなかった。

〆切さえ守り、本が売れさえすれば、皆にこにこと笑っていた。

「一度もない」

庭中は頷いた。

好感を持てる相手も、嫌悪感を覚える相手もいる。けれど、その差異は僅かでしかない。

たぶん好感程度では恋とは違うのだろう。

「恋をしてみようと思ったことはある。親戚《しんせき》に女性を紹介してもらった」

「いきなり、見合いですか？」

「お見合い？　それは結婚を望む人間がするものだろう？　違う。恋をしようと思ったんだ」

相手の美醜には拘らないと伝えておいたのに、親戚は写真を見せてくれた。写真は白い立派なケースに収められていた。もう相手の顔も覚えていないが、顔合わせの場所は落ち着いた佇《たたず》まいの料亭で、彼女は上品な着物を着て現れた。

今時、普段から和装で過ごす女性もいるのかと感心したのを覚えている。

そういえば……あれはたしかに見合いに似ていたかもしれない。

その後何度か彼女に会ってはみたものの、紹介をしてくれた親戚経由で断りの連絡がきた。なにがまずかったのかなんて知らない。約束の時間にきっちり待ち合わせ、予約の時間にレストランに行き、そして帰ると決めた時間には引き延ばしたりせずさっと別れた。

真面目にデートをしたつもりだった。嫌われた理由が判らなかったのは、さすがの庭中も少しだけ引きずった。

「予定に入れてみたけど、結局ダメだったな。よく判らないうちに交際を断られた」

庭中は海を見据えたまま、思い返して言った。

湾の途中には、無数のイルミネーションでライトアップされた橋がかかっている。季節によって色も変化するその橋は、湾岸ドライブには外せないスポットの一つで、つい今しがた車で通ってきたばかりの橋だった。

——たぶん『綺麗』だったんだろう。

庭中はぼんやり考えた。

光っている。正直、庭中にはそれ以上の感想は持てなかった。けれど、多くの人間が綺麗というからには、そう表現するのが恐らく正しい。

それを様々な言い回しに挿《す》げ替えれば、美麗な文ができ上がる。

恋愛小説も同じだ。それ以上も以下も、庭中にはなかった。

「……断られたんですか。まぁ……そうでしょうね」

上芝はやっぱりという顔で呟く。

庭中は男の顔を仰いだ。

「そうでしょうって、君には理由が判るのか？」

知れるものなら知りたい。

けれど、男の口から返ってきたのは、庭中にとってはどこが理由なのか判らない曖昧な答えだった。

「庭中先生、俺なんかが言うのもなんですけど……恋は予定に入れてするもんじゃないと思います」

◇　◇　◇

雨垂れの音がしていた。

時計の秒針の音、メトロノームがリズムを刻む音……雨樋《あまどい》の隙間《すきま》から滲《にじ》んだ水滴が、庭の植樹の葉を叩《たた》く音。

庭中は規則正しい音が好きだった。

その日は、ほぼ一日中書斎で過ごした。

雨垂れの音を聞きながら、庭中はパソコンに向かう。

今日も仕事は特別好調でもなく不調でもない。庭中の原稿を書くスピードは、いつも一定だった。気持ちが高揚して乗ってきたりもしない代わりに、行き詰まったりもしない。

予定に合わせて進めているのは、『レクラン』の掲載短編だ。ヒロインと実業家の男は、庭中の綴る文章の中で、夜景の美しい道を車でひた走る。実際に車で走行した夜を思い返せば、当然ながら運転席でハンドルを握っていた男のことも頭に浮かんだ。

結局最後まで意味の判らなかった、あの恋愛についての話——庭中は上芝との会話を何度か反芻《はんすう》してはみたが、やはりよく摑《つか》めない。理解できないものの、文中の二人は滞りなく距離を縮めていき、書き進めるうちに理解不能だった会話のことは忘れた。

淡々とキーボードを打ち続ける。指の動きが乱れたのは、雨脚が強くなってきた夜更けだ。

急に表が騒がしくなった。

激しく地面を叩き始めた雨音。その合間に人の声が入り混じったかと思うと、それは瞬く間に大きくなり、あらゆる叫び声が響き渡るようになった。

「……れない！　別れない!!」

鋭く響いてきた声に、庭中はびくりとなった。

「しつこいよ……おまえ！　望みどおり、別れるって言ってるだろう！」

続いて飛び込んできた低いべつの男の声に、『ああまた始まったか』と思った。

十中八九、最初の声は『八川』とかいう隣アパートの茶髪のホモ男だ。

あとの声は先月アパート前で一緒にいた男かもしれないし、そうじゃないかもしれない。

相手はころころと変わる。

恋人との仲がうまくいっている間はところ構わずイチャつき、振られるとなれば修羅場を披露して大騒ぎ。いつだったかは、救急車までもがやってきて、狭い路地は騒然となった。

ケンカの勢いが高じて、茶髪男が手首を掻き切ったからだ。はた迷惑な話だ。

――集中できない。

表で飛び交う声に、庭中の指は乱れる一方だった。ピアノなら間違いなく不協和音を奏でているだろう。

上書き保存のアイコンを苛々とクリックし、立ち上がる。ロールカーテンの隙間から、表の様子を窺ってみた。声は間断なく聞こえるが、庭の垣根が邪魔をして路地の様子は見えない。また救急車のけたたましいサイレンまで加わろうものなら、今夜の予定は大幅に狂いまくりだ。

大股《おおまた》で玄関に向かった庭中は、傘を引っ摑み、表に出た。

「……嫌だったら！　そんな理由で別れるなんてヤだっ！」

「理由つくってるのはおまえだろう。放せよ。放せ！」

二人は路地のど真ん中で揉めていた。

相手の背の高い男は、先月ブロックに並び座っていた男だ。いかにもふらふらしてそうな今時のフリーター風情の茶髪男とは違い、黒髪に地味な服装の一見相反する男だった。

男は地面に転がった傘を拾い上げようともがき、八川はその腰にしがみつき阻んでいた。

転がった青い傘には、降り注ぐ雨が溜まり始め、波立っている。

二人はずぶ濡れだった。八川の茶髪も濡れて暗い色に変わっていた。顔は泣いているように見えたが、雨の雫《しずく》かもしれない。

そもそも泣いていようといまいと、庭中には無関係だった。

とんだ青春……いや、愛憎劇だ。

「うるさいから静かにしてくれないか？」

傘を手にすくりとその場に立ち止まった庭中は、躊躇《ためら》いもせず声をかけた。

冷ややかに二人を見つめる。

「誰……？」

男の腰に絡みついていた八川は、庭中の顔を見ると慌てて腕でごしごしと目元を擦《こす》った。

「……あんたか。わざわざまた苦情かよ？　暇人だな。そんなに俺らがあんたに迷惑かけてるってのかよっ？」

「こうしてかけてるだろう？　今何時だと思ってるんだ？　この町には君とその男しか住んでないとでも思ってるのか？」

「い、今はちょっと迷惑かけてるかもしんねぇけど……」

「ちょっと？」

庭中の指摘に、八川も隣の男も気まずそうに目を伏せる。けれど、傘を拾い上げてすごすごと立ち去ろうとした相手の男とは対照的に、八川はすぐさま庭中を睨み返した。

悔しげに歯嚙みし、攻め寄ってくる。

「……そ、くそっ、くそったれっ！　はっきり言やぁいいじゃねぇかよっ！　ホモだから目障りだってよ！」

「て、照巳《てるみ》！」

男が止めようとする腕を八川は振り払った。

「ようするにゲイだからって風当たり強くしてんだろうが！　良識人ぶんじゃねぇっ！」

指を突きつけ、喚《わめ》く。詰め寄る男は横殴りに腕を撓《しな》らせ、飛び散った水沫《すいまつ》は乾いた庭中の頬を襲った。

直立不動の庭中は幾度か目を瞬かせ、溜め息を漏らす。

「良識人なのはたしかだな。けど、ようするにとはどういう意味だ？」

白い長袖シャツの袖で顔を拭《ぬぐ》い始めながら話を続ける。

「君が同性愛者だろうと僕には関係ないし、偏見もなければ興味もない。好きにしてくれ。問題は、ここが僕の家の真ん前で、君らが僕の部屋に響き渡る声で会話をしてるってことだ。防音ガラスも通す大声でね」

終始、無表情。淡々とした言い草の庭中に二人は呆気に取られ、八川の勢いは削《そ》がれて萎《しぼ》んだ。

「……声？」

「人の話を聞いてないのか？　最初からそう言ってるだろう。煩《うるさ》くてかなわない。ケンカの原因はなんだ？　人種問題か？　宗教の違いか？　それ以上に深刻な問題じゃないならやめてくれ」

雨の中、呆気に取られて立ち竦《すく》んでいる二人に言い捨てる。

庭中は反応も待たずに背を向けた。

雨に濡れぬよう、慎重に傘を差し直して家に戻りかけ、思い立って振り返るとのっぽの男を指さしダメ押しした。

「そこの男、判ったんならさっさとこの茶髪を連れ帰って部屋でセックスでもしてろ」


無駄な時間を費やしてしまった。

家に戻り、壁の日めくりカレンダーを見つめる庭中の表情は暗い。肩を落とし、今にも泣き出したい気分で眉を歪める。

それもそのはず、十分も予定が狂ってしまったのだ。

けれど、まだ少しペースを上げられるよう努めれば遅れは取り戻せるかもしれない。

庭中は慌ただしく書斎に戻ってパソコンに向かい、そして電話のベルが作業を妨げたのは、ほんの数文字打ち込んだばかりのタイミングだった。

「くそっ」

呟き、舌打ちする。

「なんだ今度は！」

一瞬迷ったのち、机の隅に置いてある電話の子機を引っ摑んだ。

「誰だ？」

名乗りもせずあからさまに不機嫌な声を発し、相手を戸惑《とまど》わせる。

『あ、四葉《よつば》出版の上芝です』

耳に響いてきたのは覚えのある低い声だ。

けれど、ディスプレイの中で点滅するのみとなり、先へ進めなくなったカーソルを一心に見据える庭中は、記憶を探るのを完全に放棄していた。

「四葉出版？」

胡乱《うろん》な声で問い返し、相手をさらに焦らせる。

『俺です、俺。『レクラン』編集部の！』

「……ああ、君か。なんの用だ？」

上芝と会ったのは三日前だ。

まだ〆切には遠い。差し迫った用がないのは、上芝の次の言葉からも読み取れた。

『えっと、調子はどうかと思いまして』

「調子？　君さえ電話をかけてこなければ、今五行は進んでいたはずだ」

事実だがキツイ嫌味と取られかねないセリフだった。

皮肉ったつもりのない庭中は、フォローでもなくつけ加えた。

「ああ……元から今日は少し遅れ気味だが」

黙っていれば判らないものを、律儀に説明する。電話の向こうの男は苦笑し、その反応で庭中の首を傾げさせた。

余計なことも可笑《おか》しなことも、言ったつもりはない。

『先生、差し入れでもどうかなと思ったんですけど。その、家に持っていこうかと……構いませんか？』

男は庭中の反応を窺い、そろそろとした声で問いかけてくる。手放しで大歓迎するはずがないのは判っているらしい。

庭中は相手に見えないことも忘れて頷いた。

「君はダメだと言ってもどうせ来るんだろう？　まぁいい、様子見は君の仕事の一つだろうし……前もって連絡してきたのは評価するよ」

学習能力は皆無ではなかったのか。

あれだけ思いつくまま行動する男にしては、先に様子を尋ねてくるのは上出来なほうだ。

「で、いつ来るんだ？　明日か？　明後日か？　日にちを決めてくれ、予定に入れておくから」

少し機嫌をよくした庭中に対し、上芝の反応は鈍かった。

『あ……と、それが……日にちは決められないんです』

「何故だ？」

『その……もう来ちゃってるんですよ』

「は……？」

嫌な予感に、眉を顰める。

『えっと、だから……今、庭中先生の家の前にいるんです、俺』

予感的中。乾いた笑い声を添えた男の言葉に、庭中はぎゅっと深い皺を眉間《みけん》に刻んだ。

電話を耳に押し当てたまま玄関に向かい、ドアをばっと開けば、胃痛すら覚えた。

「夜分遅くにすみません、先生」

そこに存在してはならない男の声が、受話器越しと目の前とでステレオ音声になる。

ビニール傘の下でへらりと笑った男は、携帯電話を片手に突っ立っていた。


「君は前もって連絡するという意味を正しく理解しているのか？」

居間の白い革ソファに腰を下ろした庭中は、組んだ足を苛々と揺すりながら言った。

「いい家ですね、新築ですか？」

作家のお宅訪問の取材じゃあるまいし、上芝は落ち着きなく室内を見回している。

目を引く家具や芸術品のある部屋じゃない。L字型のソファにガラステーブル、ほぼニュース番組しか画面に映さないテレビ。外観もシンプルなら、内装も同様な家のどこに男がそれほど興味を覚えているのか判らない。

「人の話を聞いてるのか、君は？」

「ああ、はい。聞いてます。もっと早く来るつもりだったんですけど、ちょっと駅から迷ってしまって……先生寝てたらどうすっかなって思ってたから、起きててよかった」

上芝は揺すり続ける庭中の足から胸元を見る。

家の中であってもだらしない服装をするのは我慢ならない庭中に、パジャマで執筆するような習慣はない。外出するのと変わらないシャツとチノパンを身につけていた。

「時間の問題じゃない。僕はびっくりは苦手なんだ。大嫌いといってもいい」

「そうでしょうね……うん、絶対そうだと思ってました」

——判っているならどうして断りもなくやってくるんだ。

やり場のない苛立ちに、庭中は頭を掻き回す。

「君らがご機嫌取りにやってくるときも、僕には僕の決めた予定……対応がある」

立ち上がると、上芝を見上げげやおら捲《まく》し立て始めた。

「編集がご機嫌を窺いにくるとする。数日前までに約束を入れ、手には高級羊羹《ようかん》だの焼き菓子だの、幻の銘酒だの……お決まりの土産を持ってだ。僕は甘いものも酒も苦手だから、にっこり笑って受け取って君らを追い返したあと、そっとゴミ箱に入れる。処分は週二回のゴミの日、ビンなら第三週目の水曜だ」

しまいのほうは、居間の先に位置するダイニングキッチンを指差し、言い切る。

「それが僕の決めている一連の流れだ。頭から躓《つまず》かせるのはやめてくれないか？」

普通の人間なら引いて唖然となったに違いない言葉の数々。てっきり例の驚き顔を見せると思った上芝は、へこたれた風もなく、むしろ感心したように言った。

「ちゃんと資源ゴミの日も覚えてるんですね。俺なんか忘れて、ああまた来月かって溜めてしまうのがしょっちゅうです」

「ゴミ出しの話をしてるんじゃない！」

珍しく口調を荒らげた庭中に、男は苦笑う。

それからどことなく嬉しげに目を細めた。

「いや、ちょっと感心したんで。それに社交辞令でもあなたがにっこり笑ってみせるんですか？　だったら貴重かも……でも残念ながら高級羊羹じゃないんです」

そう言って、手に提げていた白い袋を差し出してきた。

無理矢理摑まされたそれは、少し生温かい。庭中は不審げに中を覗いた。

「たこ焼きです。会社の前に移動販売の車が来てて……ほら、出版社とか多い場所なんで残業組の夜食買い狙って時々そういうの来るんですよ。食ってみたら結構美味《うま》かったから、先生にもどうかなって」

「僕に？　たこ焼きをか？」

上芝は頷き、笑った。

「明日はもう車来ないかもしれないし、そんなら今日買って持ってけばいいじゃんって……

先生怒りそうなの判ってたんですけどね」

だから、判ってるなら何故――

「遅いし、もう帰ります。お茶はいいです」

一度もソファに腰をかけなかった男は、元々長居をする気はなかったらしい。

「……出すとも言ってない」

「あはは、そうでしたね。早合点だ」

どこか楽しげに笑い、もう一度室内を見回した上芝は最後に言い残した。

「わりと普通の生活してるみたいで安心しました。原稿の邪魔してすみません、それじゃ」

足早に玄関に向かい、傘を引っ摑むと男は呆気なく帰っていった。

家は再び静けさを取り戻す。たこ焼きの袋を手にした家主だけが、解せない気分に陥る羽目になる。

「……普通の暮らしってなんだ？　どんな生活してると思って……」

一体なにをしにきたんだ、あの男は。人の家を見物しにか？

だいたい、たこ焼きで作家の機嫌が取れるとでも思ってるのか。勘違いも甚だしい無能な編集だ。シナリオもろくに読まないわ、いきなり押しかけてくるわ――

腹立たしさの収まらない庭中は、居間に入るや否やペンを手にした。

ゲイのケンカに始まり、空気すら読めない無能編集の襲来。時間は恐ろしくロスしている。

日めくりカレンダーに書き込んだスケジュールは乱れ放題だ。

でも。

甘いものは嫌いだ。酒も勘弁してほしい。

けれど――庭中は手に提げたままの袋にチラと視線を落とした。

たこ焼きは……べつに嫌いじゃない。


「…………」

カレンダーを睨み、庭中は逡巡《しゅんじゅん》する。

そして、予定にはまったくなかった項目を書き込んだ。

時間は十分。たこ焼きを食べる。そう書き加えた庭中は、予定も定まりどこかほっとした気分でいそいそと袋から白いパックを取り出した。

開け放しのドアの先には、玄関が見える。上芝が傘を立てかけておいた位置には、大きな水の輪が広がっていた。

大雨の中、深夜に電車を乗り継ぎ、たこ焼き一つを持ってくる編集。

――やっぱり、変な男だ。

爪楊枝《つまようじ》を手にたこ焼きを食べながら、庭中はそう思った。

久しぶりに食べるたこ焼きは、懐かしいような味がした。十五分の普段のコーヒータイム以外に、庭中が一人きりの家で頬を緩めたのは久しぶりだった。

「上芝、それでその後は例の小説家先生とどうなのよ？」

上芝が急に背中に声をかけられたのは、書庫の床に這《は》いつくばっていたときだった。

代わり映えしないフード情報のランキングコーナーの一新に、なにかいいネタがありはしないかと大昔のバックナンバーを漁っていたのだ。

棚の下部の埃《ほこり》っぽい雑誌をいくつも引き出していた上芝は、背後を振り仰ぐ。

「……滝村、なんだおまえも古雑誌漁りか？」

後ろの棚に向かって立っているのは、同期の滝村だった。

「ん、まぁな。なんか特集のネタに行き詰まってさぁ……もしかして、おまえもか？　俺はまた、小説家先生に虐《いじ》められて書庫で隠れて泣いてんのかと思った」

「アホか。なわけないだろ」

「なんだ、残念。もうすっかり小芝居ごっこは慣れたってわけ？　おまえが『好きだ』とか『愛してる』とか『君の瞳にカンパイ』とか言っちゃってんだろ、笑える」

反論したくとも、あながち大きく外れちゃいない。

「慣れるわけないだろ、そんなの。滝村、人を笑う暇があるなら、おまえやってくれよ」

「いいよ。行ってやろうか？」

せめてもの意趣返しに冗談を言ったつもりが、あっさり了承されてしまった。

目を剝《む》く上芝に、男はくすりと笑う。

「だって面白そうじゃん。口説き文句並べるのが仕事なんて」

「女じゃないぞ、あの先生？」

「庭中まひろぐらい知ってるよ。まぁ表に顔出しはしてないみたいだけど……前にパーティで見たことある。結構な美人だよな」

「ちょ……待て、だから女じゃないって。美人とかいう問題じゃないだろ」

「問題だよ？　頭硬いよなぁ、おまえは。女でも男でも、綺麗なものは綺麗じゃん。俺だってメガネみたいな男ならゴメンだけどね」

「メガネ……って、もしかして森尾のことか？」

博愛主義なんだか、了見が狭いんだか。

上芝が眉を顰めると、男は悪びれもせずに応えた。

「しょうがないじゃん、俺ファッション誌の編集だもん。いい年してお母さんに服から下着まで用意してもらってそうな、醜いオタクは我慢ならねぇんだもの。で、そんなにヤな男なの、庭中まひろって？」

「嫌っていうか……」

上芝は言い淀《よど》んだ。

やはり変わってはいる。あの、時間の割り振りに対する異常な執念。神経質で、そのくせ作家という職業のわりに言葉遣いに無神経。常人なら口にしにくい、腹に溜め込みそうなキツイ言葉を、ぼろぼろと並べる男だ。

つい溜め息をついてしまった。

天井まで伸びた巨大な棚に向かう滝村が、雑誌を探しながら口を開く。

「おまえは例のコラムの打ち切りで落ち込んでるから、気が乗らないだけじゃないの？」

「それはもう諦《あきら》めついてるよ。『レクラン』ん中じゃ浮きまくってたの判ってたしな……」

「上芝ってさ、別館に行きたいんだよな？　希望は、就職面接んときと同じで『ナチュラル』だろ？」

使えそうな雑誌を見つけきれないまま、上芝は立ち上がる。

「……ああ、まあな」

『ナチュラル』は発行部数こそ少ないが、年数は『レクラン』を軽く上回る老舗《しにせ》雑誌だ。ネイチャー系雑誌。上芝がこの出版社に就職を希望した動機の一つだった。

就職試験の面接では志望動機を熱く語って、面接官を唸らせ……いや、『上芝くん、そろそろ次の質問に移ってもいいかね？』と辟易《へきえき》させた。

けれど、それで採用したからには、てっきり配属してくれるものと信じていた。

それが今じゃ、『愛され系コーデ』やら『限定スイーツ』やらの取材だ。

世の中うまくいかないものだと思う。

「あんな地味な部署に行きたがる奴がいるなんてな。貴重な人材だろうに、なんで行けないんだかねぇ」

「悪かったな地味で。あっちは少数精鋭で、余計な編集部員はいらないんだと……」

ふと話ながら腕の時計に目を向けた上芝は表情を変えた。

「やばい、もう時間だ」

思いのほか雑誌を選び出すのに手間取っていたらしい。

「なに？」

「三時に会う約束なんだ」

「小説家先生？」

「ああ、時間に厳しい人だからさ。そろそろ行かねぇと！　そんじゃ！」

集めた大量のバックナンバーを一抱えに、上芝は慌ただしく書庫を後にする。

戸口を出る瞬間、怪訝そうに棚の前で呟く男の声が聞こえた。

「なんか……あんま行きたくないって感じじゃないけどな」

約束のカフェに向かう足が、思っていたよりも軽いのを上芝は感じていた。

滝村の言ったとおりだ。行きたくないわけじゃない。むしろ庭中に会うのを楽しみにし始めている自分を自覚する。

あれほど億劫だったシナリオのための待ち合わせが、上芝は最初のときほど苦痛ではなくなっていた。

シナリオ片手に会うのは、これで四回目だ。

たこ焼きを手に家を訪ねたのは十日前。

迷惑がられるのは端っから判っていた。あの後庭中がどうしたかは知らない。

先週会った際に尋ねればよかったが、聞くのは自虐的な気がしてできなかった。

ゴミに出したと言われたなら、さすがにがっかりするに決まっている。

庭中に会うのが楽しみというより、気がかりで仕方がない。口の悪さは少しも変わっていないけれど、言葉に悪意がないのは少しずつ判ってきた。

あれは頭に浮かんだ言葉を垂れ流しているだけ。小さい子供が覚えたての言葉を、後先考えずに口にするのと同じだ。

絶望的に不器用。あの年で恋も知らず、スケジュールにだけ囚《とら》われ、人間関係のよりよい築き方も知らないとは、一体どんな環境に育ってきたんだろう。

まともな暮らしをしていないのかもしれない。

そう思って訪ねた庭中の家は、拍子抜けするほど普通だった。

一体どこに歪んだ理由があるんだか。よっぽど特異な両親の元に育ちでもしたんだろうか。

「あ……あれか？」

地下鉄の地上出口から、庭中の寄こしたファックスの地図を片手に店を探し歩いていた上芝は、一軒の店に目を留めた。

深い緑を基調にしたオープンカフェの店内に、その男はいた。日差しの眩しい店外のテーブルを避けるように、窓際の席に座っている。

白い顔の男は、オレンジジュースを物憂げにストローで掻き混ぜていた。

「え、本当にそれやるんですか？」

席についてすぐに確認した上芝は、予想どおりの庭中の返事に表情を曇《くも》らせた。

目を通したときから納得のいかなかった今日のシナリオの内容だ。セリフが甘過ぎて鳥肌ものであるとか、そんな理由でごねているのではない。

けれど、庭中に変更する意思はまるでないらしい。

「そうだ。なにか不都合でもあるのか？」

いつもの硬い口ぶりで応えてくる。

「いいえ、べつに都合が悪いってわけじゃ……」

今日は庭中の気を損ねまいと、作中の男のセリフも一字一句漏らさず覚えてきた。服装は普段どおりで庭中の眉を顰めさせてしまったが、自分の役回りなら把握している。

だからこそ、演じたくないと感じた。

——どうせあれこれ言っても気は変わらないんだろうなぁ。

上芝は渋々ながら頷く。

「判りました。先生がそれでいいのなら」

「先生じゃなくて、『庭中さん』だろ？」

「芝居始めるまではやっぱ『先生』だし……ところでそれ、さっきからなんでずっと混ぜてんですか？　氷解けまくってますよ？」

二人の間では、終始カラカラと鳴る音が響いていた。上芝がテーブルについてからもずっと、庭中はオレンジジュースを飲む気配もなくひたすら掻き混ぜ続けている。

「ああ……これか。柑橘《かんきつ》系の味は苦手なんだ」

ヒロインの彼女に合わせて仕方なく頼んだと渋い表情で庭中は言い、上芝は苦笑した。

本当に飲み物一つとっても臨機応変という言葉を知らない男だ。

こうなったら、とことん合わせてやるしかない。

「ご注文はお決まりですか？」

寄ってきた店員が声をかけてくる。

上芝はメニューも手に取らないまま注文した。

「エスプレッソをダブルで」

作中の男が選ぶのと同じコーヒーを頼んだ。この先の展開なら判っている。

そして、庭中の脚本どおりのことが目の前で起こったのは、注文したコーヒーが届き、話し始めてしばらくしてからだった。

恋人同士になったばかりの小説の中の二人。まだどこか男に遠慮しがちな彼女の気持ちを解きほぐすかのように、男は今までの暮らしぶりを語る。心許せる相手になかなか巡り合えずにいたと彼女に打ち明ける。

そして彼女が耳を傾けていたちょうどそのとき、一つの事件が起こる。

「え……」

上芝はカフェの窓を過ぎった赤い影に、小説の男と同じように表情を強張らせた。

同じ理由で驚いたわけじゃない。本当に作品どおりのシチュエーションが目の前で展開されたことに動揺したのだ。

真っ赤なワンピースを着た女性が、窓の向こうをゆっくりと通り過ぎていく。女はちらりと店内を覗き、はっきりと二人のいるテーブルのほうを窺う。

「なんで……」

無言の庭中の目は、上芝にシナリオのどおりに行動しろと訴えてきていた。

戸惑わずにはいられない。コーヒーカップの柄を握り締めたまま、上芝は躊躇う。

そして、しばらく迷ったのち——おもむろに席を立った。庭中に背を向け、なんの言葉もかけず、まるで捨て置くかのように無言で店を後にした。

嫌がる足を動かし、通りに飛び出す。窓辺に目にした女の背を、上芝は急ぎ追いかけた。

赤いワンピースにさらりとしたロングヘアの女が、どこの誰かなんて知る由もない。けれど、小説の男は知っている。

婚約者だ。小説の男には取引先のご令嬢の婚約者がいる。ヒロインとの逢瀬《おうせ》を彼女に見られた男は、動揺のあまり、ヒロインをその場に置き去りに彼女への弁解に走ってしまうのだ。

「……嫌な男だな」

上芝は男の行動をなぞって急ぎ歩きながら、ぼやいた。

そういくらも歩かないうちに、赤いワンピースの女に追いつく。

ただの偶然にしては、店の前を通ったタイミングといいでき過ぎている。

無関係とは思えず、上芝は思いきって女に声をかけた。

「ちょ、ちょっと君！」

振り返った顔に見覚えはない。もちろん、実在するはずもない作中の男の婚約者でもなければ、会社の女性編集者ですらなかった。

「え、アタシ〜？」

大人びた服装のわりに若く、とても令嬢には見えない。女は上芝の問いに、一時間前に庭中に通りで声をかけられたのだと明かした。

「なんかよく判んないんだけど、一時間後にカフェの前を通って自分のほうを見てくれたらバイト代を払うからって〜」

「ば、バイト代？」

「そう、一万円も！　な、なに？　もしかしてなんかヤバイことだった？」

呆れた茶番劇だ。ただシナリオどおりにするだけのために、庭中は大金を渡したのか。

歩道の片隅で経緯を訊《き》く上芝は、弱り果て頭を掻いた。

「……俺にどうしろってんだよ、あの先生は。勝手に会社に帰れってか？」

「ねぇ、どうしたの？」

「あー、いや……」

庭中とも別れてしまった今、上芝に特にすべきことは残されていない。

シナリオに書かれた彼の指示は、たった一つ。

『絶対に戻ってきてはいけない』

見ず知らずの女性まで巻き込み、周到に準備立て……庭中がそうまでして得たいものがなにかは判っている。

ヒロインの気持ち、だ。

「……暑いな。することもないし、帰るか」

上芝は呟いた。

通りは本当に暑かった。真夏の太陽は容赦なく街を熱していた。

ふと歩いてきた道筋を振り返り見る。小説の男を演じ終えたばかりの上芝は、なにもかもがギラつく歩道の上で、一瞬白昼夢にでも囚われているかのような感覚を覚えた。

庭中は今、取り残されたあの店でヒロインと同じ思いを感じているのだろうか。

信頼しかけた男に裏切られる。置き去りにされ、途方に暮れる。失望し、不安に陥っていく平凡な女の胸の痛みを味わっているのか。

どんな気分で、庭中は飲めもしないオレンジジュースを掻き混ぜているのだろう。

——ただの芝居だ。

上芝は自分にそう言い聞かせた。

「ね、することないってヒマなの？　もしかして、アナタもバイトさせられた〜？」

同じ役目を終えたばかりの女は、上芝の顔をじっと見上げてくる。女の好みにでもかなったのか、『どっかでお茶でもする？』と甘い笑みを向けられた。

グロスのきいた女の唇は、やけに光って見えた。


カラリカラリ。カラカラカラ。

手を緩めるか速くするかだけの違いで、庭中はいつまでもグラスの中のストローを回し続けていた。

注文してから一時間あまり。角もすっかりなくなり、氷は小さくなっていた。やがてすっと跡形もなく溶け去り、音も奏でなくなってしまったが、庭中はそれすら気づかないでいた。

上芝が店を出ていってから、数十分が経つ。

なにも感じない。いくら思いを巡らせても、ヒロインの胸に去来したはずの痛みは、庭中の胸にはやってこなかった。

それがどんな痛みなのか、想像すらつかないでいた。

「……やっぱり、芝居で判るものでもないか」

空席になった向かい合わせの椅子を、ぼんやりと眺める。

考えるのにも疲れた。普通に心中を察するに、『哀《かな》しい』だろう。悲哀に不安に、いつもどおりそれに相応な文章を捻《ひね》り出せばいい。

けれど、本当にそれで合っているんだろうか。恋をしているヒロインには、もっと複雑な感情が湧き起こるのかもしれない。

庭中は深い溜め息を零した。

恋愛の経験さえあれば、こんな迷いに頭を悩まされたりしないに違いない。

無人だった店の外のテーブルには、いつの間にか一組の若いカップルがいた。厚いガラス窓に阻まれ会話は聞こえないが、肩を寄せ合ってなにやら楽しげに笑っている。

うだるような暑さの中、それも気に留めないほど熱中できる会話とは……恋人の存在とは、一体どんなものなのだろう。やっぱり無理をしてでも恋人をつくってみるべきか。仕事のためにも、今抱えている原稿が一段落したら——

スケジュールを思い浮かべる庭中の頭に、ふといつだったか上芝の言った言葉が過ぎった。

『恋は予定に入れてするもんじゃないと思います』

埠頭で言われた言葉だ。

「だったら……どうやって始めればいいんだ」

予定にも入れず、レストランでエスカルゴも飛ばさず……どんなきっかけで恋は始まるというのか。

そんなもの、ありはしない。

少なくとも、自分には起こりえない。

庭中は一人苦笑う。店を出ようと伝票に手を伸ばしかけ、そしてハッとなった。

視線を感じて顔を上げる。

そこには、いるはずのない男が立っていた。

「よかった、まだ先生いたんだ」

もう聞き馴染《なじ》んだ声が向けられる。

ほっとしたような笑みを浮かべ、元の椅子に腰を下ろす男を、庭中は呆然《ぼうぜん》となって見つめた。

「……またか。君は、どうして僕の言うことをなに一つ聞こうとしないんだ？」

あれだけ念を押し、ファックスの頭にも最後にも書き添えておいたにもかかわらず、またしても番狂わせ。予定外に戻ってきてしまった上芝に、庭中は呆れ返る。

「いや、もう会社に帰るつもりで地下鉄まで乗ったんですけど、やっぱ気になっちまって」

「気になった？　絶対に戻ってくるなと書いていたはずだ。なるべくでも、原則として、でもない！　君は『絶対』の意味を判って……」

声を荒らげた庭中に、男はしょげ返るでもない。さすがにヘラヘラ笑ってもいなかったものの、すごすごと席を立つ様子もなかった。

「すみません。でも……俺、できませんよ。どんな理由でも庭中さんを……ヒロインの彼女を傷つけるって判ってんのに置いてくような真似《まね》、できないから」

走って戻ってきたのか、額の汗を拭いながら上芝は言った。

「だってさ、俺だったら絶対そんなことしねぇもん」

自分だったら、傷つけたりしない。

そう言い切る男の眼差しからは、強い意志を感じた。

庭中は一瞬なにも返すことができなかった。

とくんと心臓が飛び跳ねた気がした。

「き……君が同じ立場だったらどうするかなんて聞いちゃいないよ。これは僕の作品の内容だ。君は僕が指示するどおりに動けばいいだけだ」

自分らしい返事をしながらも、何故だか視線が揺らいだ。落ち着かない。こんな奇妙な感覚は初めてだった。

とくんとくん。

畏怖《いふ》とも怒りとも違うなにかに、鼓動が速くなる。

「判ってます。でも、先生一人でどうしてんだろ、彼女みたいに寂しい思いしてんのかなって思ったら、なんか……ほっとけなくって」

困ったように男は笑い、庭中は思わず目を逸らした。

「そ、それでも放って置くのが君の役目だったんだ。勝手…な行動をしないでくれ。言っただろう？　僕は予定が狂うのは嫌い……」

びっくりは大嫌いだ。予定にない出来事は最も忌むべきこと。

なのにどうしてか——庭中は自分がいつもと少しだけ違うのを感じた。驚かされながらも、上芝の言葉を聞くうち、苛立ちは募るどころか薄れていた。

他人のことはいつも摑めないが、自分の感情の在り処《か》まで判らないのは初めてだ。

庭中は黙り込んだ。

「怒ってる…んですよね？」

急に口を閉ざし、再びストローで今度はぶすぶすとジュースを突き刺し始めた庭中の顔を、上芝は覗き込んでくる。

「たぶんそうだ」

「たぶん？」

『変な人だな』と可笑しそうに呟く声が聞こえた。

そしてなにを思ったか、上芝は片手を上げると店員を呼び止める。

「まだ時間あるんでしょ？　なんか飲んでもいいです？　走ったら喉が渇いちゃって……それに、俺も本当はエスプレッソ好きじゃないんですよね」

『苦いし』と言ってまた上芝は笑った。自分も頼むとは言っていないのに、勝手にアイスコーヒーを二人分注文する。

庭中は届いたアイスコーヒーを大人しくストローで吸い上げた。冷たくて美味《おい》しかった。

なにか喋らないと間がもたない気がして、思いついたことを口にしてみる。

「最近車は来ないのか？」

「はい？」

「会社の前に来てたっていう、たこ焼き売りの車だ」

首を捻る男はやっと判ったらしく、あっという顔をした。

なんだかバツが悪い。こんな感覚は初めてだ。自分だけがしっかりと覚えていたみたいで、庭中は声を尖《とが》らせて問い詰める。

「来てないのか？　来てるのか？　どっちなんだ？」

「あ、ああ、あれからまだ一度も見かけてないです」

「……そうか。次に来たら、また買ってきてもいい」

ぼそぼそと告げると、上芝は嬉しげに口元を綻ばせた。大きな唇が眩しいほどの笑顔を形づくる。笑うとなんだか犬みたいな男だ。

『はい』と一言応えて笑った男の顔を、何故か庭中はまともに見られなかった。

ますます落ち着かない気分に駆られる。きっと犬は苦手だからだ、そうに違いない。見たくないのに、無性に確認したいような気持ちにも駆られ、ストローを咥《くわ》えた庭中はアイスコーヒーに視線を落とし続ける。

とくんとくん。とくりとくり。

肌の下から脈が存在を主張する。

胸はざわざわと、庭中の意思を無視して乱れた。

それはとても——そう、とても不思議な感覚だった。

痛いような心地いいような、ざわめきだった。

◇ ◇ ◇

七月の終わり、表は夏真っ盛り。その日突然上芝を見舞った災難は、身内の手によってもたらされた。

——騙《だま》された。

上芝は次々とテーブルに運ばれてくるコース料理の皿を空にしながらも、その思いが始終頭から離れなかった。

「今は出版社にお勤めだそうですね」

青いテーブルクロスの向こうの女性は、はにかんだ笑みを向けて言う。

『今は』の言葉に、頬がヒクつきそうになる。

にわか顔面神経痛に陥った顔をどうにか宥《なだ》め、上芝は愛想笑いを浮かべた。

「はい、辞める予定はまったくありません」

途端に、隣の席から骨ばった肘《ひじ》先が脇《わき》を鋭く突いてくる。品のいい若草色の訪問着に、白い爪《つめ》織《お》りの夏帯を締めた中年女性は、上芝の母親だった。

目元が似ているとよく言われるが、その感想にいい気はしない。利己的な母親の目は冷たい印象で、上芝はあまり好きではなかった。

「そ、そうなんですか？　お父様の跡はお継ぎになりませんの？」

レストランのテーブルの向こうにいるのは、絵に描いたようなお嬢様然とした女性と、その母親だ。白い楚々《そそ》としたワンピースを着た彼女は、縦横斜め、たとえ真上から見下ろそうとも良家のご令嬢に見える。

実際そのとおりなのだから、当然といえば当然。どこのご令嬢だったか……お家柄に興味もない上芝は、話に耳を真剣に傾けておらず、未だよく判らずじまいでいた。

だが、隣に座る母親は、彼女の両親のことはもとより、親戚縁者の資産額まで知っているに違いない。

――どこが結婚式だ。

このテーブルについてから、百回は頭で思ったセリフだ。

上芝は腐りきっていた。

母親から最初の連絡があったのは一カ月ほど前。ナミビアから戻ってきてすぐのことだ。親戚の結婚式があるから、必ず出席してほしいと頼まれた。二週間前にも電話があり、一週間前からは二日おきに確認の電話がきた。

疑いもしなかった自分に、腹が立つ。まさか母親が息子を嵌《は》めようとするとはだ。

そう、親戚が主役のはずの結婚式は、いつの間にか自分が主役。連れて行かれたホテルのレストランには、あろうことか見合いの席が設けられていた。

「もちろん、駿一には跡を継いでもらいます。今は……社会勉強に出しておりますけど。今時の企業のトップは広い視野を持てなくてはいけませんものね」

おほほほほ、と甲高くも胡散臭い母親の笑い声が響く。

——よく言う。

元気そうでなにより。二枚舌の母親は相変わらずだと、腹の内で皮肉りたくもなる。

出版社に採用が決まったと知るや否や、裏から手を回して採用を取り消そうと母親が動いたのを上芝は知っている。

息子を希望の職につかせないためだ。多くの人間が就職に頭を悩ませ失業に怯《おび》えるこの時代に、そんな不穏な行動を母親が起こすのは、父親がとある企業のトップだからだった。

押しも押されぬ大企業。末端のグループ会社の従業員数も含めれば、軽く一つの市が構成されるだろうことは上芝も知っている。

いや、末端まで含めなくとも小規模の市ならできてしまうのかもしれないが……なんにせよ、息子によく把握できない規模なのはたしかだった。

謙遜《けんそん》してもしなくても御曹司。幼い頃からマイペースで、ついに家を出てしまった上芝は、母親に放蕩《ほうとう》息子呼ばわりされてしまっている。

親族経営なのだから、血縁の中で一人や二人レールを違《たが》えたところで、どうということもないだろうに。母親はことあるごとに、上芝に父親の下につけと言う。

——その結果がこれか。

寒い見合いの席に、憂鬱《ゆううつ》にもなる。息子を呼び戻すついでに時代錯誤な政略結婚。一石二鳥とは、いかにも母親の考えそうな策略だ。

上芝はカッターシャツの衿《えり》元を指で掻いた。久しぶりに袖を通したスーツは、違和感を覚えてしょうがない。

ピンストライプのブラックスーツだった。

広い上芝の肩に背広はよく映えていたが、当人はただひたすら窮屈で息苦しい思いを味わっていた。

そもそも、このネクタイってやつはなんのために存在するのだろう。汗を拭《ふ》くものでも手を拭うものでもなく、ラーメンを食うときは気にかけてやらないとならないしで、けったいな代物だ。

などと、とても御曹司とは思えない考えに耽《ふけ》るばかりだった。

「……今日は、なにかほかにご予定でもあったんですか？」

ネクタイの端をヒラヒラさせている上芝を、見合い相手の女性は不思議そうに見ている。

「え……？」

「いえ、少しそわそわなさってるようなので」

「ああ、すみません。仕事があるにはあったんですが、一応……ほかの社員に頼んできました」

今日は日曜だ。出版社といえど休日で、けれど上芝には言い訳ではなく本当に仕事があった。

庭中との打ち合わせの約束だ。

自由業の庭中は、たぶん今日が日曜なのを失念したのだろう。いつもどおり、こちらの都合を伺いもせず、唐突に送られてきたファックスの頭に指定の日時は記されていた。

電話をして断るか否か……迷った末に上芝が声をかけたのは滝村だった。穴を開けるよりいいと思った。庭中の仕事はうちばかりではなく、この日に決めたのにはなにか根拠があるに違いない。滝村はといえば、シナリオ読みの打ち合わせの代理なんてけったいな仕事にもかかわらず、書庫で持ちかけたときと同様あっさり引き受けてくれた。

滝村は自分の家の事情も知っている。べつに同期だから気安く教えたわけじゃない。あまり多くはない名字の上、それが企業名に入っているのだ。『もしや？』の疑いに、人事部の誰かが漏らしたらしいことも相まって、一部に噂は広まっていた。

社内で肩身は狭くなったのやら、広くなったのやら。

腰かけ社員と誤解されているかもしれないが、どのみち出世にはあまり興味がないしで、疑われても今のところ問題はない。変わったといえば、心なしか飲み会で女性社員に声をかけられる頻度が増えたぐらいだ。

「そろそろ出ましょうか？」

息の詰まる食事が終わり、母親が口火を切って四人全員が席を立った。

時間は午後四時を過ぎていた。レストランを後にして一階のロビーまで辿り着くと、ホテルを出る前にと女性三人がレストルームに立ち寄り、上芝は待ちぼうけになる。

中途半端な時間にもかかわらず、ロビーは日曜のせいか適度に人の姿があった。ソファに腰を下ろした上芝は、ひっそりと置かれたマガジンラックに『レクラン』がささっているのに気がついた。

自分の携わる雑誌を偶然目にすれば、手に取りたくもなる。開いたところで内容は隅々まで知り尽くした週刊誌のページを捲りながら、庭中は今頃どうしてるだろうと思った。

滝村が代役なら問題はないだろう。軽そうだが、仕事はできる男だ。庭中の希望どおりの男を演じてみせているに決まっている。

容姿の問題だけじゃない。ベタな口説き文句など、息でもするみたいに並べ立ててしまえる男だ。車はローンで購入したらしい、一介の編集者には不相応なスポーツカー。考えれば考えるほど適任だった。

心配はいらない。

そう考える一方で、上芝の脳裏にはべつの心配が頭をもたげた。

『担当を替えてくれ、この男がいい』

庭中がそう言い出さないとも限らない。

「やっぱ……滝村に行かせるんじゃなかったかな」

そう独り言を口にし、上芝は首を捻った。

どこが心配なのか。自分が担当に拘る理由がない。

恋愛小説は自分の守備範囲外だし、小芝居もやらずにすむなら助かる。実際問題、滝村は大きく部署違いであるから実現は難しいだろうけれど、もしも打ち合わせの代理だけでもやってくれるとなれば、悪い話ではないはずだった。

変人で扱いづらい作家だ。最初に比べれば随分付き合いやすくなった気もするけれど、それも自分が目線を変えただけ。慣れただけといってもいい。

相変わらずの偏屈男。会わないですむなら、たぶんラッキーだ。

そう考えながらも落ち着かない。上芝は捲っていたページを雑誌の中ほどで止めた。

滝村にシナリオの甘いセリフを囁かれ、庭中はどんな反応をしているのだろう。滅多に見せない笑みを零し、ヒロインのように聞き入っているのか。

そんな庭中を想像すると、嫌な感じがする。

上芝は高く通った鼻梁《びりょう》の上を、じっとしていられない気分で指先で掻いた。

『次に来たら、また買ってきてもいい』

カフェでそう告げられた午後のことは、ずっと頭の片隅を占めている。

『買ってきてもいい』なんて、なんともまぁ庭中らしい言い草で、相変わらずの平らで感情の籠《こ》もらない口調だった。

けれど、庭中が自分になにかを求めてきたのが妙に嬉しかった。干渉や変化を嫌い、予定調和を生活のすべてにしているような男の心を、ささやかな差し入れが動かしたのかと思うと、くすぐったい喜びを感じた。

あのとき、俯いて一心にアイスコーヒーをストローで吸い上げていた庭中を、少し可愛《かわい》いと感じた。

年上で、お世辞にも可愛らしいとはいえない性格の男なのに、世話を焼きたい気分に駆られてしまったのだ。

コーヒーを飲みながら、うざったそうに頭を振っていた男。きっと長めの前髪が邪魔でならなかったのだろう。顔を起こしてグラスを持てばいいのに、どうしてかそれに気づかない庭中は、落ち着かない様子だった。

衝動的に掻き上げてやりたくなった。けれど、深い栗色の庭中の髪は艶々《つやつや》としていて……触り心地がよさそうだと思った瞬間、安易に手を伸ばせなくなった。

絶対に触れてはいけない、そう強く感じた。

触れれば自分は変わる。ただ髪に触れるだけの行為が、大きな意味を伴いそうな予感がしたのだ。

「駿一！」

鋭い声で呼ばれ、上芝は雑誌から顔を上げる。

「もう、何度呼んでも気づかないんだから」

母親はせかせかした足取りで向かってくる。

草履のパタパタと鳴る音がロビーに響いた。

「あなた、今日はまたあのトラックみたいな車で来てるの？」

「そうだけど……俺の車ならトラックじゃなくて4WDだよ。何度言ったら判るんだよ」

「似たようなものでしょう。あんな無駄に大きくて不格好な車。困ったわね、あんな車で来てるなんて……まぁいいわ、しっかり彼女をエスコートしてちょうだい」

「はぁ？」

「まさか、これで帰るつもりだったの？」

そう言って母親に押しつけられたのは、二枚のオペラコンサートのチケットだった。

「先方には話してあるんだから。今更、行かないなんて言わせないわよ」

今更もなにも、初耳だ。

だが、逆らえばあとでねちねちと嫌味を言い始めるのだろう。

重い腰を上げる上芝は、膝《ひざ》の上で開いていた『レクラン』を閉じる。開いていたのは、庭中のページだった。

三十歳間近にもなって恋の仕方も知らない男の文章とは思えない小説が、活字になって誌面を飾っていた。

庭中の小説の掲載は、今号が初回だった。

小説の主人公二人は、奇跡の出会いを果たす。

そして庭中は、自分の描いた作品を否定するように、奇跡など存在しないと締め括っていた。

見当たらない誤字を探し、何度も校正を繰り返した上芝は、その文をよく覚えている。

――奇跡は存在しない。何故なら誰の身にも訪れているものを、奇跡とは呼ばない。

たとえば昨日足を運んだレストランで。気紛《きまぐ》れに飛び込んだいつもは素通りするカフェで。隣のテーブルの男に他愛もないお喋りを持ちかけてみたなら、貴方《あなた》の人生は変わっていたかもしれない。

運命は刻一刻と変化している。通勤電車の中で、オフィスのエレベーターの中で、貴方はカフェを素通りするように、毎日一生に一度の出会いを数えきれないほど素通りしている。

必然や偶然の言葉で片づけ、無視し続けている――

「駿一、早くして！」

「ああ、今行く」

母親に急かされ、上芝は溜め息をついた。

『庭中まひろ』と表紙にクローズアップされた雑誌をマガジンラックに突っ込み、その場を後にする。

後ろ髪を引かれる思いだった。

庭中の小説の一文が、何故だか頭を離れなかった。

すべての出会いは、この世に二つとない奇跡。もしも貴方が、その一歩を彼の元へ踏み出したなら、未来は次の瞬間に変わる。

予定にない会話と、未来が始まる。

そして——貴方は恋を始めるかもしれない。


「今日は会えてよかった」

開口一番からシナリオのどおりの言葉を口にした男は、完璧なまでに作品の男として振舞ってくれていた。

上芝の代理としてやってきた滝村に、庭中はなんの不満もなかった。

色から形まで、指示どおりのスーツに身を包んだ男。もちろん車内で陽気なジャマイカ音楽をムード音楽と履き違えてかけたりしないし、勝手にシナリオを変更して庭中の意に反したアドリブを披露することもない。

身長も年齢もほぼ上芝と同じか。上芝とタイプは違い、滝村は遊び慣れた感じのする男だが、優しげな風貌《ふうぼう》はむしろ小説の男のイメージにより近い。ほかの編集部の人間らしいが、こんな男がいるのならさっさと話をつけてくれればよかったのにと思えるぐらいだ。

話は先日の続きだった。ヒロイン代わりの庭中に、滝村は切々とカフェに置き去りにした詫《わ》びを語ってくれた。すべてが予定どおりに運んでいる。

——なのに、庭中はどうしてか気もそぞろだった。

街中の公園に二人はいた。眺めのいい噴水の手前のベンチに腰を下ろした庭中は、夕刻が近づき次第に暗くなっていく園内を見つめた。

商業施設も周辺に多く、買い物帰りの人が行き交う。右からやってきたのはカップル。次は女性の二人連れ、左からカップル、男女混合の四人グループ、右からまたカップル——変化はあるが、いつまで経ってもなんの代わり映えもしない光景。

「庭中先生、周りが気になりますか？」

急に滝村がセリフにない言葉をかけてきた。

「え……？」

「いや、ずっと周りを気にしてるから。まるで誰か来るのでも待ってるみたいだなぁと思いまして」

言葉にはっとなった庭中が視線を向けると、隣の男は少し笑った。

「べつに誰も来る予定はない。待ってもいない」

「そうですか？　もしかして俺では役者不足なのかと。物足りません？　遅くなっても上芝を寄こしたほうがよかったですか？」

「予定が狂うのは困る。それに君のほうがいい、作品のキャラに合ってる」

そう応えながらも、庭中はせっかく滝村が語ってくれたセリフの数々も耳を素通りさせていた。

何故あの男は来なかったんだと思った。

大事な仕事を放り出してまで向かわなければならない用事とは、一体なんだ。

日曜と気づかずに指定したのは悪かった。けれど、それならそうと一言言ってくれればいいものを、自分には確認の連絡すらなかった。

今日は駄目だと言ってくれれば――

言われたら……自分はどうしたのだろう。

「キャラ合ってたってねぇ、先生が上芝のほうがいいと思ってたんじゃ意味ないでしょ」

滝村に返され、庭中はいつの間にか足元に落としていた視線を起こした。

すぐに返事ができなかった。

「え、ウソ、本当にそうなんですか？　やだなぁ、ちょっと鎌かけてみただけなのになぁ。

俺の熱演は意味ナシってわけですか」

「いや、そういうわけでは……すまない、まだ君に慣れてないからだろう」

「慣れの問題ですかね？　まぁ、実際俺より上芝が適役ですよ。『富豪の一人息子』、呆れるぐらいぴったりだ」

「ぴったり？　あの男に……どこがだ？」

滝村はただ曖昧に笑って肩を竦めて見せる。

応えようもないからだろうと庭中は思った。相応《ふさわ》しい部分なんてあるはずがない。何度会っても、身長以外はキャラと掠りもしない男だ。まぁ顔は黙っていれば重ならなくもないが、それも『黙っていれば』の話。

「君のほうがいい。今日は来てくれて助かった。君は演劇でも習っていたのか？　最初からキャラに合わせるのが上手だ」

庭中なりの褒め言葉にも、男は微妙な笑みを浮かべる。

「まぁ、先生に会った瞬間からテンション上がってますからね。俺、メンクイなんです」

「面食い？」

「ええ。ま、美形がヤだ、なんて人もいないだろうけど……案外、上芝の奴もメンクイなのかもしれませんね」

「どういうことだ？」

「いや、あいつ社内でもモテるほうなんですけど、どうも女には興味がないみたいで。なにを目当てに擦り寄ってきてるか判ったもんじゃないから牽制してんのかと思ったら……単にあいつの目に適《かな》う美人がいなかっただけかもしれませんね」

　なにを言っているのか、庭中にはまるで伝わってこなかった。

「悪いが、君の話がよく飲み込めない」

「先生の担当を嫌がっていたくせに、どうやらあいつの本音はそうでもないみたいだからですよ。人が代わってやるって言ったら焦った顔するし、今日だって電話してきておいて嫌そうだし……おまえ、『本当は結構楽しんでんじゃないの？』なーんて」

「仮に彼が仕事を楽しんでいたとして、それと面食いにどういう関係があるんだ？」

　話せば話すほど嚙み合わなくなる会話に、滝村はやや呆れ顔になる。

「へぇ、もしかして自覚ありません？　普通気づきますよ、自分のことでもね。先生面白い人だな、前髪伸び過ぎてるのもそのせいですか？」

「前髪？」

「そう。少し切ったほうがいいですよ。目を悪くするし、綺麗な顔が台無しだなぁ」

　顔に手を伸ばしてきた滝村は目元にかかった髪を指先で払い、ふっと笑った。

　庭中は瞬き一つせず、近くにある男の顔を見返す。

「先生、とても俺に慣れずにいるように思えませんけど……まぁ初対面で急に、好きだの嫌いだの、誤解だの本当は愛してるだのって会話やっても無理かもしれませんね。まずはもっと親睦《しんぼく》深めてみるってのはどうですか？」

気でも抜けたのか、男はベンチの背凭れにだらりと体を預けた。庭中の反応を窺うように小首を傾げて、顔を覗き込んでくる。

「親…睦？」

「こんなシナリオより、ずっと手っ取り早く女性の気持ちを理解する方法ならあると思うんですけどね」

「そんな方法があるのか？」

「ええ、是非先生の今晩の予定に入れてくださいよ……」

傾げたままの男の顔が、ぐんと近づいた。滝村は周囲の人気《ひとけ》も気にしていない様子だが、庭中もそれを意識するタイプではない。そもそも、なにを求められているのかも判らず、ただ今にも触れそうな距離にある男を見つめ続ける。

不意に滝村が舌打つような声を上げた。

「ああ、残念。おまちかねの人が来ちゃったようです」

「え……？」

男の目線の向けられたほうを庭中は振り返った。誰とも教えられていないのに、探してしまったのはあの男の姿だ。

けれど探し人はおろか、数少ない知人の姿も見当たらない。

「いないぞ。どこに、誰がいるんだ？」

「あれです、あれ。先生、視力低いんですか？　まぁ、あの格好じゃ判らないかもしれませんけど……それです、それ」

眼前に迫られてようやく判った。

どことなく不機嫌顔のスーツ姿の男が、もう目の前に立っている。

別人だ。判らないのに無理もなく、学生じみたいつものラフな服装の男を探していては気づかないはずだった。

黒っぽい仕立てのいい背広を纏った上芝は、普段と百八十度違って見えた。

庭中は目を奪われた。その姿に大人の男の色気さえ漂って見えたのは、いつもへらりと笑っている口を引き結び、寡黙そうにしていたからかもしれない。

「滝村、おまえ今なにやってたんだ？」

むすりとした声で、上芝は言った。

「はいはい、なにもやってませんよ。おまえの大事な先生を口説いたりしてないさ」

滝村はつまらなさそうに返し、それからなにが可笑しかったのか噴き出した。

「先生、怒ってますか？」

排気音が少しうるさい車の中で、庭中は眉を顰めていた。運転席の男はそんな庭中が気になるらしく、ちらちらとこちらを窺っている。

無理に用事を切り上げてやってきたらしい男は、シナリオの続きなら自分が演じると言い出した。滝村を帰し、強引に後釜《あとがま》に収まった。

自分の車だと言って上芝に乗せられたのは、車体の大きな4WD車だ。その時点からまたいつものごとくシナリオはがた崩《くず》れだった。庭中のベタなロマンス小説の男のイメージに、オフロードの似合う車はかけ離れ過ぎていた。

おまけに、上芝は耳を疑う言葉を吐いた。

『すみません、よく考えたら俺……今日のシナリオの内容、覚えないままでした』

本当になにをしにきたんだか。

開いた口が塞がらない。怒りを通り越し、言葉も出なかった。

夕食の予定は取りやめ、家に送ってもらうことにした。シナリオに目を通してもいない上芝とテーブルを囲んでも仕方がない。

「だいたいそんな服を持ってるなら、どうしていつも着てこないんだ？」

隣に見知らぬ男が座っているように感じる。公園から駐車場へと、通りを並んで歩く間に幾人かの女性が上芝を振り返り見たのを庭中は気づいていた。

長身だからだろうか。着慣れていないとは思えないほど、よくスーツは似合っている。

「窮屈なのは苦手なんで……今日は母に結婚式があるって騙されたんです」

「騙された？」

「そう。行ったら見合いでした」

「見合い？　君は結婚に焦る年でもないだろう？」

上芝はたしか二十五歳だ。いつだったか勝手にペラペラと喋っていた。

「まぁ……そうなんですけどね。あっちはいろいろと考えがあるみたいで。手駒《てごま》の一つなんですよ、俺は」

「手駒？」

「政略結婚ってやつ。今時古臭くて笑っちまいますよ。でもって、向こうは本気で企ててるから手に負えない」

どこかで聞いたような言葉だ。庭中は頭を巡らし、それが自分の小説の中の設定によく似ているのだと思い当たる。

そして古臭かろうと時代の最先端だろうと、一般家庭に政略結婚なんて言葉は出てこない。

「上芝……」

その名に思い当たる節はあった。俗世間に疎いところのある庭中でも、有名企業の名ぐらい知っている。

まさかと思いつつ確認してみれば、上芝はあっさりと認めた。

「それならそうと、何故君は最初に言わないんだ。つまり、君は作品のキャラに酷似した男なんだろう？」

　滅多なことでは驚かない庭中も動揺する。

「俺、べつに青年実業家じゃありませんよ」

「だが、いわゆる上流階級だ」

「親がね」

「……金持ちの息子だろう？」

　俗っぽい言い草で、ようやく上芝は同意した。

「あ……そういえば、そうだ。似てますね」

　間の抜けた返事だ。そもそも、どうしてこの男は少しもそれらしくないんだか。

　つまりは、それこそがいい家柄に育った証拠かもしれない。人は生まれながらに周囲にあるものを特別だとは感じない。普通だと認識する。財産でも父親の職でも。

　上芝が平凡に染まって見えるのは、そのせいかもしれなかった。

「べつに隠してたわけじゃないんです。先生に話す機会もなかったし……先生、俺自身に興味なんてなかったでしょ？」

「まぁ、それはそうだな」

　正直に頷けば庭中に、上芝は『ああ、やっぱり』とどこか項垂《うなだ》れるように呟く。

　それから、赤信号に車を停めると、思い直したみたいに庭中の膝の上を目線で示した。

「ねぇ先生、スケジュール帳出しませんか？」

なにを見ているのかと思えば、茶色の革鞄《かわかばん》だ。

「え……？」

「だからさ、スケジュール帳。どうせなら今夜の予定、書き換えてもらおうかと思って。少し俺と話しませんか？　これだけ会ってて、お互いを知らないって不自然ですよ」

「不自然？　どこがだ？　君とは……キャラクターを演じてもらうために会ってるんだ、余計な言葉は必要ない」

「そうですか？　たとえ演技をするためでも、信頼関係があるのとないのとじゃ大違いかなと思いませんか？」

「信頼関係？」

それはくだらない……あってもなくても困らない会話で成り立つものなのだろうか。

約束の〆切に原稿を送り、約束の日時に電話をかける。相手を困らせないこと、煩わせないこと、それだけでは足りないというのか。

庭中は探るような声で言った。

「今のままでは足りない…のか？」

「足りてるかもしれません」

「……どっちなんだ？」

もっとも苛々する類の返事だ。はっきりしない男を庭中はねめつける。

運転席の男はフロントガラスの向こうを見据えたまま、言い辛《づら》そうにしていた。

「ようは……単に、俺が先生のことをもっと知りたいと思っただけです」

「僕を？　だったら最初からそう言えばいいだろう？　知ってどうするんだ？」

まごつくほどの質問だろうか、返事はない。いつ口を開くのだろうと、庭中はじっと上芝の横顔を見つめ続ける。

数十メートルの間隔で規則的に並ぶ外灯の明かりが、走り続ける車に差し込んでは後方に流れていった。

男の横顔が光に浮き上がっては、暗い車中に沈む。

庭中は、そのシルエットがとても綺麗なのにふと気がついた。

くだらない会話をする前から、どうでもいいことを一つ知ったと思った。


「降りにくい」

車を降りながら、庭中は乗ったときとは逆の不満を零した。

乗り込むときには、『上がりにくい』と文句を零していたのだ。長い巨体に見合うだけ、車高も高い車だった。よろつきながら降り立ったのは、以前も車を停めた埠頭だ。

「今日は風が少しあるな」

けれど、闇に沈んだ海も、並んだ街明かりの一つ一つも、目に映る景色はあの夜と変わりない。

実際、そう変化はないだろう。一カ月やそこらで、街は大きく変貌《へんぼう》なんてしやしない。

「先生は、なんで小説家になろうと思ったんですか？」

肘をかけるのにちょうどいい高さの車に凭れる庭中に、上芝は問いかけてくる。

知りたいというから特別なことでも尋ねてくるのかと思いきや、何度も取材で答えてきた質問だ。小説家として一番妥当な回答、繰り返してきた一辺倒な返事を庭中はする。

「子供の頃から小説を書くのも読むのも好きだったからだ」

上芝はすぐに反応した。

「それって……本心ですか？　庭中まひろとしての答えですよね？」

「え……？」

庭中は驚く。問われて初めて、上芝が小説家の『庭中まひろ』ではなく、『庭中真尋』に訊いているのだと気がついた。

上芝が知りたがっているのは素の自分だ。

「他人にペースを乱されるのは嫌いだからだ」

「ペース？」

「ああ、そうだ。会社員も客商売も自分には無理だと思った。絵心もないし、小説なら……日本語が書ければどうにかなるだろうと思って選んだ。恋愛小説にしたのは、たまたま最初に募集を見かけたのがそれだったからだ」

「……世の中の小説家志望の人間が聞いたら憤慨しますね」

素っ気ない理由なのは庭中も判っている。自分の生活ペースに合っているから、仕事に見合う報酬が得られそうだから。そんな理由はこの仕事には許されない。世間的に見てそうであるのは判っているから、だから表では言わない。

けれど、事実だった。

小説は嫌いじゃない。でも好きかと問われたら、よく判らない。感情の揺れ幅が酷く狭い自分を庭中は自覚していたけれど、それはどうにもコントロールできないものだ。強く求める感情はどんなものにも湧いてはこない。

「小説は予定調和を乱さない。だから性に合ってる」

「必ずしも乱さないとは限らないでしょ。ミステリーとか、ほら、どんでん返しを期待されるのもあるし」

「それでも、自分の作品は自分を裏切らない。小説の中に、僕が考える以上のことは起こらない」

上芝は考える顔を見せる。

「なんでそんなに予定調和に拘るんですか？　俺なんて行き当たりばったりで行動してるけど、どうにかなってます。先生のはちょっと病気入ってる気がするな……考え過ぎですよ」

「しょうがないだろう。実際、病気なんだ」

「え……」

「昔そう言われた。アメリカに住んでたとき、ドクターに」

庭中は成人するまでボストンに住んでいた。性格は今と変わらずで、ちょっとした日々の雑事のスケジュールのずれから苛々が高じ、カウンセリングを受けた。

気休めになにか薬でも処方してもらえればと受けたのだが、一種の強迫症だと診断されてしまった。

「先生、アメリカに住んでたんですか。けど、あっちは大雑把でマイペースな人が多そうですけど？　なにが原因でそんな……病気になってしまったんです？」

「さぁ……ああ、いや、理由はなんとなく判っている」

庭中は首を捻りかけ、忘れかけていたことを思い出した。

真面目な顔で冗談のような話をする。

「びっくりパーティで弟が死んだせいだ」

「え？」

「だから、『びっくりパーティ』だ。判らないのか？　向こうはホームパーティ好きだから、なにかと理由をつけてパーティをやりたがる。あれは父の誕生日だった」

といっても、庭中はよく覚えてはいない。まだ小さな頃の話で、ケーキがどんなものだったかも、料理がデリバリーだったか、母親の手作りだったかも記憶にない。

ただ酷く家がざわついていたのは覚えている。父に友人が多かったのか、近所の人間まで寄り集められていたせいかは知らない。

人が多かった。父親はその日仕事で遅くなり、みんなが待っているのになかなか帰ってこなかった。

それを言い出したのは、ポパイのウインピーみたいに腹の突き出た大男だった。きっとハンバーガーが好物の男だ。彼は、帰ってくる父親を驚かせてやろうと言い出した。

彼にも誰にも、悪気はもちろんなかった。

「家中真っ暗にしてみんなで隠れたよ。僕は……そうだ、クロゼットの上の棚によじ登った。誰かが尻を押してくれた。クラッカーが鳴って、家に明かりが戻って、居間に飛び出していったら弟が倒れてた。帰ってきた父は、強盗がいると勘違いして銃を発砲したらしい」

小説を読み上げるように、庭中は打ち明けた。

説明しているうちに断片的だった記憶はつながり、様々なことを思い出す。

「強盗の足元を撃つつもりで、まだ小さな弟に……」

現実感は乏しかった。フィクションばかり書き続けているせいか、おぼろげな記憶は虚構のような気さえしてくる。

けれど、自分が予定外の出来事を嫌悪する理由があるとするなら、その記憶以外に思い当たらない。

びっくりは——大嫌いだ。

「それ……いつの話ですか？」

「五歳のときだ。弟はたしか二つ下だった」

上芝の表情が心なしか険しい。考えてみれば……いや、よく考えなくても悲惨な事件だ。

「ああ、暗い話になってしまってすまない。気にしないでくれ。実は、僕はもう弟の顔すら実のところ覚えてないんだ」

本当だった。なにしろ二十五年も前の話だ。

「でも、顔は覚えてなくても、体が覚えてる。だから今も先生は予定以外のことが起こるのに怯えてるんでしょう？」

「怯えてる？　そうかな……僕は子供だったし、言ってるようにあまり記憶に残っていない」

上芝は唇を噛んだり緩めたりを繰り返していた。視線は虚空をしばらく彷徨い続け、そして庭中に向けられた。

「俺は医者じゃないからよく判らないけど……そういうショックが、まったく癒《い》えないってことはないと思います。昨日の記憶と二十年以上前の記憶の重さが、同じとは思えない」

庭中は溜め息をつき、肩を僅かに竦める。

「君の話が判らない。だから、さっきから僕も忘れてたって言ってるだろう？」

「だったら！　だったらどうして……先生は強迫観念に囚われ続けてるんですか？　先生は忘れてない……いや、心のどこかで『忘れてない』と思い込んでる」

首を振る男を、庭中はじっと見つめた。

「先生、自分の『忘れた』って言葉を本音は口先だけだと思い込んでいませんか？　本当は受けた傷も癒えてきているのに、どこかで気づかないふりをしてませんか？　あなたはたぶん、いろんなことに鈍いふりをしてるだけだ。そのほうが……もう辛い思いを味わわないですむって知ってるから」

「もし……もしも、そうだとしてもべつに不自由はしてないから構わない」

「不自由はしてるでしょう。毎日予定のことばかりを考えて、時間に縛られて……」

言いづらそうに上芝は言う。

そして、こちらに目を向けると、遠慮がちながらはっきりと言葉にした。

「……恋だってしたことがない」

庭中は口の端を微《かす》かに上げ、冷ややかに笑った。

「余計なお世話だ。作品を書くのに困っているだけで、僕は恋を進んでしたがってなんかいない」

「そうかな？　先生の小説読んでると、俺はそうは思えません」

「あれはフィクションだ」

「先生が望んでることじゃないんですか？」

庭中は僅かに目を見開いた。

睨んでみせると、上芝は目を伏せた。

「……すみません。でも、恋をしたくない人の文には思えない。先生、小説に書いてましたよね？　奇跡は自分で起こせるものだって。もしいつもと違う行動ができたら、恋は始まるかもしれないって」

「だから、それは……」

「それって、あなたのことじゃないんですか？　自由に思いつくまま行動できたらいいのにって、そう考えてるのは先生じゃないんですか？」

なにも返せなくなった。

どうしてだろう、そんなはずはないのに違うと強く反発できない。

庭中はただ黙り込み、指先を握ったり開いたりしただけだった。

「俺、今日は本当はここに来ない予定だったんです。でも、先生の文章思い出したら、俺の足はどっかに縛られてるわけじゃないのになぁって気がついた」

「……用事があったんだろう？　見合いはどうしたんだ？」

「食事だけで帰ってきました。好き勝手ばっかりはできないけど……勇気さえあれば、どこにでも行けるんですよね。うん、べつに体はどこにも繋《つな》がれてなんかいないんです」

上芝は自分に言っているのだろうか。

元々好きに行動しているような男だ。改めて口にしなくとも、そんなことは判っているはず――庭中は言葉のすべてが自分に向けられている気がしてならなかった。

縛られてなんかいない。

どこにでも行ける。明日の予定も、今夜の予定も、確定した未来じゃない。

「そう思ったら、俺もこうして先生のところに来れるかどうか試してみたくなったんです」

上芝は庭中を見ると笑った。

「ねぇ、先生もさ……たまには思いきった行動してみませんか？　意外なことするって、案外気持ちいいもんですよ？」

「え……？」

急に伸びをしてみせた男を、庭中は訝《いぶか》しんで見る。

「そうだな、手始めに……今から埠頭の端から端まで走ってみるとか？　俺とかけっこなんてどうです？」

アスファルトの上を後ずさりながら、上芝は誘うように大きく腕を開いて言った。

「冗談じゃない。なんだって僕がそんなことしなきゃならないんだ。それに、君が勝つに決まっているだろう」

「やってもないのに負けを認めるんですか？　先生、体力なさそうだもんなぁ。じゃあ、こういうのは？　そこの桟橋から、遠くまで飛べたほうが勝ちってのは？」

海上に突き出た短い桟橋を上芝は指さす。

「桟橋って……」

その向こうは海だ。庭中は焦った。

不敵な笑みを浮かべたかと思うと、男は踵《きびす》を返し、おもむろに走り始める。

スーツを着ていても、上芝は上芝だ。本当に飛び込みかねないと思った。

「ちょ、ちょっと……君っ！」

庭中は慌てて追いかけた。

僅かな距離だが、全力で走り、そして桟橋の縁の手前で上芝の背に飛びつく。

今にも海にダイブしそうな男を捕まえ——引き止めるつもりが加減を誤った。

「……わっ！」

上芝が驚きの声を上げる。勢い余った庭中は上芝を引き倒し、そして大きな体に押し潰されて微かな悲鳴を上げた。

木製の桟橋は、突然転がった二人の男の体重を受けて軋《きし》む。

「い、痛い……」

「飛び込むって、本気にしちゃいました？」

退《ど》いた男はスーツが汚れるのも構わずに膝をつき、庭中の顔を覗き込んできた。走ったせいか、互いに少し息が上がっている。

「だって、君なら……本気でやりかねないじゃないか！」

「はは、先生どうです？　予定外のことも案外楽しいもんでしょ？」

「た、楽しいわけないだろう。どこが気持ちいいんだ、痛い思いしただけだ」

恨めしそうな返事に、上芝はぷっと噴き出す。

「笑うんじゃない。僕は今激しく怒ってるんだ！」

悪びれもせずについには大きな声を立てて笑い始めた男を、庭中は叱りつける。

上芝はおとなしく詫びた。

「はい、すみません」

怒られてなにが嬉しいのか、面映《おもはゆ》そうに目を細め微笑む。

それから、手を伸ばしてきた。なんだか判らずにぼんやりその行方を見守っていると、男は何度かその手を伸ばしたり引っ込めたりと、落ち着きなく繰り返した。

庭中は、ただじっとその顔を見上げていた。

やがて男の指先が髪に触れる。伸びきった庭中の前髪を、上芝はそろそろと指にからめとるように触れた。

意味も判らず、庭中は触れられるがままになっていた。

なにかの儀式のようだ。自分以外の指が髪の間を通り抜けるのは、案外心地がよかった。

カフェの昼下がりのあのときみたいに、小さく胸の奥が鳴る。

上芝の顔を見上げていると、その向こうに以前埠頭に来た際には曇り空で見えなかった星が瞬いていた。

変わりなく見えた埠頭の夜景は、少しだけ形を変えていた。

◇◇◇

家を出るときにはなにもなかったはずだ。

玄関のドアノブに白い小さな袋がかかっていたのは、庭中が遅い夕飯を買いに九時頃コンビニに向かい、帰宅した際だった。

袋にはごろりとした重い瓶と手紙が入っていた。手紙といっても、メモ帳から破り取ったらしき白い紙切れだ。怪訝な顔で二つに畳まれた用紙を開いた庭中は、その内容にますます解せない顔をした。

『庭中《にわなか》先生へ』

そう書き始まった手紙は、上芝駿一《かみしばしゅんいち》からのものだった。

『先生にちょうどいいペットを見つけました。鳴かない、部屋が汚れない、散歩がいらない。三拍子揃《そろ》ったペットです。エサもいりません。週に一度洗って水替えをしてやってください』

少し右上がりの癖のある字。ボールペン字の文を読んだ庭中は、袋の底に転がる海苔《のり》の瓶のような赤いキャップのガラス瓶を確認する。

「……なにを考えてるんだ、あの男は」

庭中は呻《うめ》くように呟いた。

さして迷惑というほどのものではない。けれど、こんな代物を作家に差し入れするのはあの男ぐらいだろうと呆《あき》れる。いつかのたこ焼きといい、変わった男だ。

放置するわけにもいかず、渋々袋を手に家の中に戻った。

ゴトリ。袋の中の瓶底が重い音を立てる。キッチンのカウンターに手荒に置いた庭中は、購入してきたコンビニ弁当をレンジで温め始めた。

弁当ケースを覗《のぞ》き見ながら、頭では手紙に書き記されていた上芝の言葉を思う。

『追伸。いらなかったら返してください。生き物なので、捨てるのは不可です』

最後の一文は特に何度も思い返した。

『先生は変わるべきだと俺は思います』

少しボールペンの色の濃さがほかと違っていた。男がその文を書くのに、しばらく迷ったのが窺《うかが》い知れた。

上芝の言わんとしていることは判《わか》る。

庭中は戸口の傍に貼ったカレンダーを見た。スケジュールを書き込んだカレンダー。その一つは、変わり者と噂《うわさ》されるほど日々の予定を決めるのが日課になっている日めくりカレンダーだ。

一年後、一カ月後、一週間……明日、一時間後。

未来を決定し、行動するのは庭中の安らぎだった。

上芝はそれを、『本当に望んでいることではない』と言った。恋愛もできない自分に、本当は息苦しさを感じているはずだと。小説の内容は『自分がそうありたいと願っているからではないのか』とすら——

最後に会ったのは一週間ほど前。先週の日曜だ。真面目《まじめ》なのか不真面目なのか、自分の言いつけはなかなか守ろうとしないくせに、見合いを放り出してまでやってきた。

口を開けば、余計なことばかり言う男。上芝のような編集者に庭中は初めて出会った。

原稿は〆切一週間前に送る。誤字脱字のない完璧《かんぺき》な小説を書き上げ、読者の支持も得る。

庭中は必要とされ、どこの編集者にも丁重に扱われてきた。

けれど、小説家の『庭中まひろ』ではなく、『庭中真尋《まひろ》』にものを言ったのは上芝が初めてだった。

庭中は小さく息をつくと、放り出していた袋から瓶を取り出した。直径十センチ程度の透明な瓶の中には、瓶いっぱいの水と二個の丸い緑色の物体が入っている。瓶の首には『ようこそ、阿寒《あかん》へ！』とポップ書体で書かれたカードが下がっていた。

北海道は阿寒湖の、土産用の瓶詰めマリモだ。

「……こんな狭い瓶で飼えるのか？」

翳《かざ》し見たマリモの瓶をカウンターに戻すと、庭中はキッチン下の棚をごそごそし始めた。

使うあてなくしまい込んでいるはずの、そうめん用のガラス鉢を探すためだった。

「上芝さん、何度言ったら判ってもらえるんですか？」

不必要になった色校正を整理していた上芝は、聞こえてきた尖《とが》り声に顔を起こした。

雑誌や書類の山の向こうに、こちらを睨《にら》み据えている目が見える。上芝が机に積み続けた荷物により、小柄な森尾《もりお》の姿は頭半分だけしか覗《のぞ》いていない。盆休み前の入稿で慌しく、それでなくとも汚さにかけては島で定評の上芝の机は大変な状況になっていた。

「荷物！　僕の机にまで出さないでくださいっていつも言ってるでしょう！　ココ、五センチもはみ出てます」

「ああ、悪い悪い。押し戻しといて」

どう聞いても神経質としか思えない男の言葉に、どう聞いても大雑把な反応を上芝は寄こす。聞こえよがしの溜《た》め息をつき、森尾はずっと音を立てて山を押し込んできた。

「今からこんなんじゃ、盆休みが思いやられますね。上芝さん、出勤するそうじゃないですか。盆の間に僕の机なくなってるんじゃないでしょうね？」

「さあ、どうだろうなぁ」

「どうだろうなじゃありませんよ、まったく。なんで休み取らないんです？　帰省はしないんですか？」

静かなフロアに、森尾のまだ怒りが収まらないといった声は大きく響く。怒濤《どとう》のお盆進行も終わり、遠くの島の誰かがつけたラジオの小さな音も聞き取れるほど、夜九時を回った社内は閑散としていた。取材だ入稿だと仕事の山の連なる週刊誌の『レクラン』編集部内も、もう数人帰宅したところだ。

「休みは取るよ、盆明けに。帰省は……どうだろうな」

「そういえば、上芝さんのご実家ってどちらでしたか？　僕、聞いたことありましたっけ？」

森尾は思い出そうと首を捻《ひね》っている。

いくら考えても答えは出ないだろう。上芝は社内で家の話なんてしやしない。

「実家は都内だけどさ……」

すっかり敷居の高くなってしまった家を思うと、憂鬱《ゆううつ》になる。それでなくとも扱いづらい母親の臍《へそ》を曲げてしまったのは、失敗だった。

――やっぱ帰ったのはまずかったよなぁ。

見合いの一件だ。オペラも見合い相手も放り出し、庭中の元へ向かってしまった。もともと騙《だま》されたのだ。見合いだなんて聞いちゃいない。だが、そんな極当たり前の道理が通らないのが上芝の母親だった。

『家にかけてもつかまらないから、携帯にかけてるんでしょう！』

ヒステリックな声のトーンの電話が、就業時間中にかかってきたのは数日前。

『断っておいてほしい？　なにが気に入らないんです？　綺麗《きれい》なお嬢さんだったじゃないの、もう一度会ってお互いをよく知ればあなただって……駿一、ちょっと聞いてるの？』

もう一度会ったところで、彼女に好意を寄せるとは思えない。我を通して帰ってしまったのを、結局上芝は後悔していなかった。

けれど、庭中の元に向かったのは正解だったのか否か。

気の利いた言葉は一つも言えなかった。新しい小説のネタでも披露するかのように、淡々と語られた庭中の過去は衝撃的過ぎた。

性格の歪《ゆが》みはトラウマのせい。

慰めようにも方法が判らなかった。庭中がもう気にしていないと信じている以上、どんな慰めも通じるはずがない。自覚のなさは余計に痛く感じられた。

ロマンス作家のくせして恋の仕方も知らず、それを虚《むな》しいと感じる心すら持ち合わせていない男。自分で生み出した予定にがんじがらめの檻《おり》の中で生きている。

たぶんあの人は、そんな自分をもどかしいとも、不自由だとも感じちゃいない。

堪え難いもどかしさを覚えたのは、自分のほうだ。

変わればいい。ただ庭中が変化してくれればいいと、そう願った。

上芝は医者じゃない。セラピーにも興味はない。困った患者を見捨てられない、赤ひげ先生めいた高潔な動機じゃないとすればなんだ？　頭に疑問符を浮かべながらも、薄々理由は判っていた。

「……なんで触っちまったんだろ」

上芝は手のひらを見つめ、がっくりと頭を垂れる。

いけないと知っていながら、触れてしまった。

庭中の髪は考えていたより柔らかかった。触り心地は想像どおりだった。美しかったナミビアのナミブ砂漠の砂のように、さらさらと指を滑り抜け……その捕らえどころのなさは、何度も触れてその感触を確かめたい気分にさせられた。

バカをやって転んだ桟橋の上で、珍しく感情を剝《む》き出しにして睨みつけてきた男。庭中を前にしたあのとき、覚えた衝動は慰めなどとは違う、まったく異質なものだった。

綺麗、可愛《かわい》い。

抱きしめたい、触れてみたい。

男なら何度も覚えた記憶のある衝動。

とてもよく似ている。それは……恋の始まりを思い起こさせた。

「上芝さん、手どうかしたんですか？」

瞬《まばた》きもせず、じっと自分の手を見つめる上芝は、森尾の声にはっとなる。

「あ……いや、なんでも」

「なんです？　なんか最近おかしくないですか？　やっぱり……N先生が原因で？」

「おま……なんでイニシャルトークなんだよ。庭中先生なら、もう慣れたし……いや、大変っちゃ大変なんだけど……」

「どっちなんですか。そういえばこないだ、滝村《たきむら》さんを行かせたそうですね。さぞかし先生を怒らせたんじゃないですか？　いくら背が高くたって、あんな人……」

煮えきらない上芝の反応に森尾は眉《まゆ》を顰《ひそ》める。反りの合わない滝村の悪口になるとイニシャルなんて持ち出すこともなく語り始め、そしてすぐに当の男の声が先を遮った。

「おい、聞こえてるぞメガネ。ていうか、おまえ判っててわざと言ってるだろう？」

キャスターつきの椅子《いす》をごろりと言わせて振り返る。少しばかり驚いた上芝の背後には、いつの間にか滝村が立っていた。なにをしにきたのか、タイミングでも計ったようで神出鬼没な男だ。

「上芝がおかしいのはな、恋わずらいなんだよ」

「……は？　上芝さんが……恋わずらい？　やめてくださいよ」

「おいおい、上芝だっていつまでも砂山や雪山が恋人とは限らないぞ？　誰もがおまえみたいに恋愛に興味ないと思ったら大間違いだ」

「……誰もが滝村さんみたいに、恋愛のことしか興味ないなんて思ったら大間違いです」

黒縁メガネの向こうの目をくっと眇《すが》め、森尾は表情を険しくする。

犬猿の仲とはこういうものか。途端に空気を悪くする二人に辟易《へきえき》しつつ、上芝はどちらかといえば森尾に肩入れして背後に突っ立った男をねめつけた。

「滝村、テキトーなこと言わないでくれ」

冗談のつもりか知らないが、妙な噂《うわさ》でも立てられては困る。

「そうかぁ？　俺は息切らしてやってきたおまえ見て、またてっきり……」

「てっきりなんだよ？　勝手に決めつけるな」

まだ恋愛と確定したわけじゃない。

できれば避けたい。勘違いで済ませたい。

浮世離れした雰囲気を持っていようが日焼け知らずの色白だろうが、相手は男。小説家先生、しかも――庭中。よりにもよってという感じだ。

普通なら大きな壁となるはずの性別ですら、二の次の問題に思える。

よしんば許される恋であったとして、庭中に恋した人間が報われる可能性はあるだろうか。

二十九歳で恋に興味がないと無表情で言うような男だ。変わり者で、そのうえ情緒喪失気味。

普通に気に入られるのも一苦労だ。今までで、庭中の気を引けたものといえば――

「滝村、それ！」

滝村が手にした袋に、上芝は目を剝《む》いた。

コンビニのものとは明らかに違う。ロゴの印刷も色もない、白い袋。

目にした上芝は身を乗り出す。

「前に売りにきてたたこ焼きか!?」

「たこ焼き？　ああ、ビル前に車停めてた移動販売か。そういや、こないだも来てないか探してたな、おまえ。違うよ、車は停まってたけど今日はタコスだ」

必死の形相《ぎょうそう》の上芝に、滝村が袋から覗き見せたのはタコスだった。

二文字被《かぶ》ってようが、似ても似つかない。

「なんだ……たこ焼きじゃないのか」

気が抜けて浮かせた腰をとすんと椅子に落とすと、上芝はふっと憂いの溜め息をもらす。

庭中の唯一お気に召したのは、移動販売のたこ焼きだった。売っていた車はあれ以来やってこない。仕方なくべつの差し入れを考えた。

庭中の気晴らしになればと思って、マリモを持参したのは先週だ。

なんだかんだ言いつつも、気にかかって仕方がない。恋と認める認めないにかかわらず、すっかり庭中を中心に自分の世界が回り始めていることを、上芝はまだ自覚していなかった。

「……上芝さんが惚《ほ》れてるのって、まさか……たこ焼き？」

向かいの席で森尾がとんでもない思い違いをするも、心ここにあらず。あらぬ誤解にも、上芝は溜め息で応えるだけだ。

その様子は、恋する男以外のなにものでもなかった。

「庭中さん、俺と貴方《あなた》は出会うべくして会った。そうは思えませんか？」

昼下がり、公園の木陰の芝生に腰を下ろした上芝は、遠い目をして言った。

オフィスビルや商業ビルに囲まれた、街中の広い公園だった。一時の休息を得ている缶ジュース片手の会社員や、買い物を終えた女性の姿が、園内のそこかしこに存在する。

「貴方はただの偶然だと言うけれど、こんなにたくさんの人が街には溢《あふ》れてるのに、こうして貴方と俺が知り合えたのは運命だとは思いませんか？」

どこともつかない場所を指さす。歯が浮いてがくがくしそうなセリフを棒読みで言う上芝の隣には、庭中が座っていた。

ついに至った告白の前置き、ではない。庭中に用意されたシナリオのセリフだった。

一字一句誤らずに告げると、庭中はヒロインよろしく嬉《うれ》しげに微笑《ほほえ》んだ。

——複雑そうに見えて、単純っちゃ単純なんだよなぁ、この人。

今日は庭中の機嫌がいい。こうしてぎこちないながらも、笑ってみせたりする。つくり笑顔の一つもできない無愛想な男だと思っていたが、それは言い換えればちらっとでも笑みが浮かべば気分上々というわけだ。

庭中を喜ばせるのは、意外に簡単だった。

作品の男のふりをきっちりこなせばいい。

初めて服装も庭中の指示を守ってスーツを着用した。待ち合わせの駅で自分の姿を目にした庭中は眸《ひとみ》を輝かせ、上芝は心中複雑だった。

庭中が必要としているのは、自分であって自分ではない。

作品作りのために会っているだけだ。担当がべつの男なら、その男に庭中は笑いかけてみせるのだろう。一度代役を頼んだ滝村にも、きっとそうしてみせたように。

木陰とはいえ八月上旬で。夏の屋外の空気は熱気を存分に孕《はら》んでいる。暑苦しくて堪らず、上芝は慣れないスーツの胸元を引っ摑《つか》んで少し煽《あお》がせた。

「……美味《おい》しくない？」

手にしたサンドイッチを、庭中が見ているのに気がつく。

反応を窺《うかが》う声に、危うく忘れかけていたセリフを上芝は口にした。

「お、美味しいです。料理……お上手ですね」

お世辞にも『お上手』とは言いがたいサンドイッチだった。差し出されたバスケットの弁当箱から口に運んだそれはパサついていて、味はどう探ってもマヨネーズのみしかなかった。

一体、なにを使って四隅を切ったんだろう。

元はノーマルな食パンだったに違いないパンの端はボロボロで、見るからに手作り。ヒロインが手料理を持参してくる設定だからといって、なにも本当に作る必要はないだろうに。

――というか、これをヒロインが作ったものとするにはあんまりなでき栄えだ。

けれど、設定どおりにしなくてはと、意固地になって台所で奮闘する庭中を想像すると可笑《おか》しい。

サンドイッチも不器用だが、やることなすこと、すべてぶきっちょで融通の利かない男だ。

「美味しいですよ、うん」

もう一度そう言ってみる。

気分は初めて手料理をこしらえた子供を褒める母親のそれだった。

まさかそんなこととは、露とも思わないのだろう。自分を見つめる男は満足げに口元を綻《ほころ》ばせた。

「ああ、庭中さん……木屑《きくず》、ついてますよ」

木の幹に背中を預けた庭中の服には、無数の茶色い屑がついている。白いシャツの肩や背中を丁寧に払い落としてやった。

僅《わず》かに髪についた屑も指先で払い飛ばしてやると、庭中は小さな声で礼を言った。

「……ありがとう」

はにかんだ笑みを見せられると、手を引っ込めがたくなる。すっかり綺麗になった後ろ髪に、上芝はしばらく触れ続けた。指を潜らせてさり気なくうなじに触れてみた自分に、『不

純だ』と突っ込まずにはいられない。庭中が避けようとしないものだから、ついつい必要以上に触れてしまう。

公園の木陰に男が二人。ヒロイン役をやっていようと、傍目《はため》には庭中は男。片や髪を撫《な》で、一方は撫でられて微笑み……一体周囲にはどんな仲に映るんだか。そんなことに頭を回せる程度にはまだ冷静なものの、我を忘れかけているのは確かだった。

ゲイのカップルと嘲《あざけ》られていようと構わない。庭中が心から自分に笑いかけていればいいのに……なんて考えてしまうぐらいには。

けれど、皮肉なものだ。庭中を喜ばすほど、素の自分からは遠ざかっていく。

——着慣れない服なんて、着てくるもんじゃないな。

芝生に伸ばした自分の足を包む、スーツと革靴に目線を送った上芝は思った。

久しぶりに味わう、切ない気分だった。


努力はしてみるものだ。

夕方まで上芝と過ごした庭中は上機嫌だった。

珍しく浮かれている自分を自覚する。

「タクシーで帰るんですよね？　乗り場まで送ります」

公園のすぐ傍《そば》の駅まで戻ったところで、上芝は言った。

「ああ、悪いな」

送ってもらうほどの距離じゃない。『一人で帰れる』と断ってもよかったけれど、庭中は頷《うなず》いて一緒に歩き始めた。

習い性で確認した腕時計の時間は、六時少し前を指している。予定どおりだった。この分なら、スケジュールどおり七時前には家に帰れる。

今日は、気分がいい。

昼過ぎに待ち合わせ、改札口に現れた上芝の姿を目にしたときからずっとだ。

駅には、どういうわけか約束の時間より早くに着いてしまった。妙にそわつく気持ちで待つ羽目になったものの、予測を誤った自分への苛立《いらだ》ちも、男がやってきた瞬間に吹き飛んだ。

たぶん……彼が自分の指示を守ったからだ。

どういう心境の変化か、何度言ってもTシャツにジーンズの姿で現れていた男は、きちんとスーツを着用していた。

やればこの男もできるじゃないか。

労を惜しまず、サンドイッチまで準備した甲斐《かい》はあった。

自分の意気込みが伝わったのか、今日の上芝はやけに従順だった。シナリオに妙な脚色を加えたりもしない。セリフの合間にあり得ないアドリブが割り込んだりもしなかった。

拍子抜けするほどスムーズに、公園での時間は流れた。

もともとよい家庭で育った男だ。それらしい服装に発言、落ち着いた振る舞いさえすれば、作中の男のような優雅な暮らしの青年と重なって見える。

『貴方と俺が知り合えたのは運命だとは思いませんか？』

そう静かな口調で告げた横顔は凛々《りり》しかった。

ロマンス小説の中に女性が理想とする男は、きっとこんな男なのだろう。身なりもよく、多少大げさとも取れる甘い言葉を囁《ささや》き、そして決してヒロインを裏切らない。

微笑まれると胸が躍る。髪に触れられれば、くすぐったい喜びを覚えた。

判る。ヒロインの心境が、自分にも理解できる予感がした。

上芝の指先が首筋を掠《かす》めた瞬間、体温が上昇した。変に体が火照《ほて》り、脈が走り出し、胸がきゅっと締めつけられる。

——これが恋ってものなのか。

演じる男の傍らにいるうちに、ヒロインにうまくシンクロできたのだと思った。

こんなにはっきりと、感情が摑めるのは初めてだ。恋する女の目線で見ると、周囲の景色すらどこか変わって見える。

まるで急に視力でもよくなったかのようだ。高画質のカメラでシャッターをきったみたいに、色鮮やかに眩《まぶ》しい。

そう、世界がぱあっと明るくなった。

「こないだのマリモ、どうしました？」

上芝が首を振って後ろを振り返る。

庭中は並んでいたはずの上芝の後方を、いつしか歩いていた。歩調を緩めたつもりはない。

上芝はいつの間に前に移動したのだろう。

正直、雑踏は苦手だ。盾《たて》となって人並みを切って歩く男の後ろについて歩くのは、楽でよかった。

「マリモ……ああ、飼ってるよ」

「飼ってる……」

言い方が可笑しかったのか、上芝は少し肩を弾ませて笑った。

庭中は憮然《ぶぜん》となる。

「鳴かない、部屋が汚れない、散歩がいらない。三拍子揃《そろ》ったペットだ……そう書き置きしてたのは君だろう」

「そうでしたっけ？　でもよかったな、捨てられてたらどうしようと思ってたから。一応……ほら、生き物だし」

「君の持ってくるものは、変なものばっかりだな。どうしてマリモなんだ？」

「こないだ担当してるコーナーの取材で北海道に行ったんで、その土産です。絶滅危惧《きぐ》種モドキが八百円で買えちゃうんですよ、買わない手はないでしょ」

本物の阿寒湖のマリモなら特別天然記念物だ。恐らく加工品とはいえ、言われてみればそう思えなくもないが、どういう感覚をしてるんだという疑問は薄れない。やっぱり、一皮剝けば風変わりな男だ。

「マリモ羊羹《ようかん》のほうがよかったですか？」

冗談混じりに尋ねてくる男に、一瞬迷ってから庭中は応えた。

「どっちも迷惑だ」

どうして嘘《うそ》をついたのか判らない。べつにマリモは煩わしくもない。しまい込んだまま使うあてのなかった器もおかげで活用できている。

けれど、それらを伝えるのを躊躇《ためら》った。

上芝に喜んでいると思われるのは、ひどく体裁が悪く感じられたのだ。

「あはは、やっぱ庭中先生にはたこ焼きかなぁ。差し入れたいのは山々なんですけど、あれから車来ないんですよね」

いい返事は、傍から期待していなかったらしい。

笑う男の元どおり向けた広い背中に、庭中はついて歩く。薄いグレーのスーツの背には、うっすらと背筋のラインが盛り上がっている。自分にはない男らしい線だった。

綺麗だ。

庭中は素直に思った。なにを見ても聞いてもただの情報、滅多《めった》なことでは感想を抱《いだ》きもしなかった心が動く。

「じゃあ、俺はここで」

辿《たど》り着いたタクシー乗り場には、車が数台停まっていた。ほかに客は並んでおらず、庭中は後部ドアの開いた先頭車のシートに乗り込んだ。

「ああ、また。原稿が上がったら送るよ」

「待ってます」

ドアが閉じる。行き先を告げ、走り始めた車の中でシートに凭《もた》れる。

西日がきつかった。

目を眇《すが》めながら、数時間を過ごした街の通りを見る。

学校帰りの高校生カップルが、制服姿で横断歩道の手前に立っているのが見えた。その先には手を繫《つな》いで歩くカップル、ビルの一階に収まったレストランの窓辺にはテーブルを挟んで向き合う男女の姿。

普段は目も留めない恋人同士の姿を意識する。

どうしてだろう。

庭中は振り返った。もう駅からは遠ざかっている。駅も別れた上芝の姿も見えやしないのに、何故そうしたのか判らなかった。

見えないと知っていながら、後ろ髪を引かれる気分で振り返らずにはいられなかった。
リアウインドーの向こうに流れゆく通りを、庭中はしばらくの間見つめていた。

◇　◇　◇

今までは不調だったのかと思えるほど、仕事は順調だった。

迷いがないのは楽だ。ヒロインに同調できるようになった庭中は、密《ひそ》かに苦手だった恋愛感情の描写も、自信を持って書き綴《つづ》れた。

イメージが膨らむ、手が勝手に進む。二カ月半、計十回の予定の『レクラン』の連載原稿は、折り返しを過ぎた六回目を脱稿しようとしていた。

遅れはない。波に乗った庭中は、抱えている小説誌の編集部の原稿も、他社のそれも驚異的なスピードでこなしていた。

元々〆切より早くに原稿を渡す庭中だったが、勢いはカレンダーのスケジュールを書き換え、空いた暇を持て余すほどだった。

「庭中先生、なんだか楽しそうですね」

打ち合わせに訪れた出版社の喫茶室で、唐突にそう言われた。

数社付き合いのあるうちの一社の、女性編集者だった。

「楽しそう？　僕はいつもどおりだ、どこが違う？」

冷めた口調。女性の担当といえど、にっこり笑ってみせたり、話し方を改めたりしない庭中は、怒っていると取られかねない声で応える。

彼女はもう慣れきっている表情で、小さく苦笑いしただけだった。

「いえ、どことなく。お顔がいつもと違うんで」

「顔……」

そんなはずはないが、今朝髭《ひげ》を剃《そ》り忘れでもしただろうか。目立たないほど薄い髭でも剃り残しがあるなら問題だ。

顎《あご》を撫でて確かめていると、テーブルの向こうで彼女はくすっと笑った。

「表情が明るいって意味です」

「僕は普段暗いのか？」

「そうですね……真面目な方だとは思ってます」

答えになっていなかった。心外だ。さすがに自分を明朗快活だと評しやしないが、暗いとまで思われていたとは。

「先生、お約束でもあるんですか？」

テーブルの上に投げ出した庭中の腕を、彼女はちらっと見た。目線の先は手首の時計だ。

「約束？」

「心配されなくても、ちゃんと打ち合わせは時間どおりに終わらせます」

彼女は若いが、付き合いはどの担当より長い。信頼できる担当だった。時間厳守、約束に絶対に遅れず、打ち合わせの時間オーバーもない。

彼女の前では頻繁に時計を見なくなっていたつもりが、言われてみればさっきから何度も繰り返し見ている。

「約束ってほどじゃない。他誌の編集と打ち合わせがあるだけだ」

長年愛用してきたせいか、少し甘くなってきた気のするシルバーの時計の留め具を嵌《は》め直しながら、庭中は言った。

喫茶室を出たのは五時五十八分だった。

出版社のエントランスで編集と別れ、なんとはなしに向かいのビルの上に乗っかった空を見上げたのは、きっかり六時ジャストだった。

その時点までは、予定に寸分の狂いもなかった。

庭中は駅に向かって歩き始めた。行きはタクシーを利用したが、上芝との待ち合わせの六時半には、まだ三十分もある。徒歩で十五分程度の距離だ。

のんびり歩けばちょうどいい時間だろう。

そう考えて、歩道を歩き始めたのだが、その読みは大きく外れた。庭中は十分足らずで、駅に到着してしまった。

また、だ。

庭中は困惑する。八月に入って上芝と会うのは三回目になるが、毎回予想に反して早くに待ち合わせ場所に着いてしまっている。

理由がやっと判った。気が急《せ》くのだ。どうしてか急ぎ足になってしまう。普段のペースで歩こうとしても、気づけば速足。歩調は勝手にペースアップし、息を切らして待ち合わせの場所に立っている。

——一体、どうなってるんだ。

言うことをきかなくなった足を見下ろし、庭中はふうっと息をついた。

人の往来の激しい時刻だ。駅は待ち合わせに利用している人間も多い。人待ち顔で立つのに手ごろな場所は、すべて誰かしらに占拠されており、庭中は券売機コーナーの前に立った。

駅の周囲をぐるりと見渡す。上芝はまだ来ていない。着いた際にも確認したが、それらしき車はロータリーにも通りにも影も形もなかった。

今日は食事とドライブの約束だ。小説のキャラのふりをして会ってもらうからには、最初の頃のように、見合う車を用意したかったが、庭中もそうそう知人から高級外車を借り出せはしない。

上芝には自分の車で来てくれと頼んだ。

車を借りられる日まで先延ばしにするのは、嫌だったからだ。

早く。一日でも、一時《いっとき》でも早く——

早く、なんだ？

庭中はきょろきょろと周囲を見回した。落ち着かない。じっと待っていようと、やがて上芝はやってくるのに、そわそわせずにはいられない。

意識を雑踏に向けると、目の前を行き交う人間が、時折自分を見るのに気がついた。皆が皆ではない。数人に一人の割合だ。大抵は女性だった。

変な格好でもしてるだろうか。

庭中は身だしなみには注意を払うほうだ。けれどそれは、自分がだらしないのが許せないだけであって、他人に好印象を抱かれたいわけではない。むしろ、今まで人の目にどう映るかは一切考えていなかった。

服が変なのか？

今日に限って人の視線が気にかかる。服装はいたって普通のはずだ。ワードローブに多く並んでいる定番型のジャストフィットのシャツ。水色のそれに、ゆったりめの薄いグレーのボトム。

ヘンに見えるのなら困る。何故困るのかまでは考えず、庭中は構内のトイレの鏡でも見ようと、壁を離れた。

脇《わき》から、ディーゼル車特有の煩《うるさ》いエンジン音が聞こえる。

軽いクラクションの音。ロータリーに入ってきたのは、上芝の黒い４ＷＤだった。開け放った車の窓から顔と肘《ひじ》を覗かせた男は、慌てて声をかけてくる。

「先生！」

「君……」

「もう来てたんですね、待たせてすみません。会社の駐車場置けなくて、ちょっと離れたパーキングに停めてたんで……」

庭中はつかつかと歩み寄った。

上芝の言葉を遮り、言った。

「人が見てる。僕はどこか変なのか？」

男は口を半開き、ぽかんとなった。

会った早々、奇怪な発言。その訳を車に乗ってから説明すると、上芝は可笑しそうに噴き出した。

「ああ、そりゃたぶん先生がキレイだからですよ」

「綺麗……それはどういう意味だ？」

「字面どおりの意味ですけど。うーん、美女は結構そこら辺にいますけど、キレイな男ってのは希少ですからねぇ。女性ホルモンの関係かなぁ……待てよ、美女が多いのは化粧の効果かも……」

車を走らせながら一人分析を始める上芝の隣で、庭中は眉間《みけん》に縦皺《たてじわ》を走らせた。

解せない。他人にもないが、自分にも興味の乏しい庭中は、鏡を見つめてポーズをつくったり、探し出すのが困難な程度の吹き出物を見つけて気に病んだりする習慣はなかった。

「僕は自分を綺麗だと思ったことはない」

歯磨き粉が口の端に残ってないか確認はしても、その唇の形を他人と比べてどうこう考えたためしはない。

「ケンソンですか？」

「謙遜《けんそん》？」

「……や、日本人の悪い癖……いや、奥ゆかしさを先生に当てはめるのが間違ってました」

ますます理解不能域な回答をされ、庭中は難しい顔になった。

「間違い？　僕は確かに海外に住んでる期間が長かったが、日本人の多い地区に住んでいた。日本人離れしているとは思わないが」

「……たぶん、そういう問題じゃないと思います」

「じゃあどういう問題だ？」

庭中は思案顔で首を傾《かし》げる。

男は笑い流した。

「まぁ、いいじゃないですか。綺麗で目立って悪い気はしないでしょ？」

「僕は……君のほうが綺麗だと思う」

体が前にのめった。車が停車した衝撃だ。

ふと前を見れば、信号停車で車の列はつかえている。少し荒いブレーキをかけた男は、面食らった顔だった。あり得ないとでも言いたげだ。

庭中に褒めた自覚はなかった。自覚がないから、特に色をつけようともしない。

「後ろ姿が」

以前、上芝の後を歩いていて覚えた感想だ。

「後ろ？」

「ああ、君は背筋が綺麗だ」

「背…筋。それ、賞賛するとこなんすか？　まぁ、先生が褒めてくれるんなら、この際足の裏でも喜びますけどね」

「君は足の裏が自慢なのか？」

——面白い男だ。

元を正せば自分が元凶。真顔で妙な褒め所を口走ったのをよそに庭中は感心する。

「……まぁ、それでもいいですよ。うん」

微妙な表情を浮かべる男は、庭中がふっと笑みに口元を綻ばせると、なんだか焦った様子で前に向き直った。

いつものように上芝に小説の男のセリフを語り始めてもらったのは、レストランに着いてからだ。

店は最初に顔合わせをしたフレンチレストランだった。敷居の高い高級感溢れる店は、べつに庭中の好みではなく、何度か編集者に連れられて足を運んだ店だ。

閑散としていたこの間とは違い、ディナータイムの店は適度に混んでいた。予約しておいた席に案内してもらう。

手長海老《えび》のポワレだの、夏トリュフ添えのアスピックだのがテーブルに運ばれてくる中、偽デートは始まった。ゆったりとした美術館のような店は、テーブル同士が密接し合っていたりはせず、周囲を気にする必要もなく会話は進んだ。

「そういえば……初めて貴方と出会ったのはこの店でしたね」

思い出したように上芝が男のセリフを言う。この店は顔合わせをした場所でもあるが、冴《さ》えない普通の女であるヒロインと、世が世なら身分違いに等しい、富豪の青年実業家の男が偶然の出会いを果たした場所……ということにもなっている。

「あのときは……正直驚きました。隣のテーブルからエスカルゴが飛んできたのは初めてです」

驚いたのは実際は庭中のほうだ。

エスカルゴを拾い上げて気障《きざ》ったらしいセリフを吐き、恥をかきかけたヒロインの窮地を救うはずの上芝は、耳を疑う言葉を吐いた。

『落ちたもんでも三秒以内に拾えば食えるって言うし？』

あのときはただ憮然となったが、今思い出すと可笑しい気がする。

「でもそのおかげで貴方と出会えた」

上芝が……小説の男に扮《ふん》した男が笑う。庭中も合わせて微笑む。ヒロインのように。

その裏で庭中は考えていた。

無意識に男のことを……上芝自身のことばかりを考えていた。

食事のあとは軽くドライブをした。以前ドライブした際には苛々しっぱなしだったのが嘘のように、気分は明るい。車のドリンクホルダーには缶コーヒーがささっている。途中で車を停めた自販機コーナーで、ヒロインの嗜好《しこう》に合わせて庭中はオレンジジュースを頼んだのだが、上芝はコーヒーを買ってきた。

カフェで会ったとき、本当はオレンジは苦手だと零《こぼ》したのを記憶していたのだろう。予想外のことをされても、不思議と腹はまったく立たなかった。

帰宅は十時少し前。車は見慣れた景色の中を走り始める。立ち並ぶ店もビルも、どれも入った経験はないが、店の並びを言えるぐらいに目に馴染《なじ》んだ通り。やがて車は庭中の家に続く細い脇道を入る。

車が曲がったところで、庭中は上芝の口数がやけに少なくなっているのに気がついた。疲れでもしているのか。運転席を窺う庭中は、妙に緊張した面持ちの男の顔にあることに思い当たった。

昨夜、編集部に送ったシナリオの内容だ。シナリオといっても、最初の頃はセリフ中心の走り書きでしかなかったが、いつからかそれは行動描写を含んだ脚本に等しいものになり、そして今は小説に限りなく近づいていた。

筆の乗るまま、様々なキャラクターの行動を書き連ねた。別れの描写も。別れがたい男は、ヒロインの家の前で車を降り、門の前で彼女を引き止める。

名残惜しげに一言二言、言葉を贈り——

自分はなんと記述しただろう。頬《ほお》を撫でて口づけをするだったか、抱き寄せて口づけをする……だったか。前置きはこの際どちらでもいい。

口づけ……つまり、接吻《せっぷん》を交わすのだ。

余計な描写まで書いてしまった、と考えるより先に、この男はどうするつもりなのだろうと思った。

『今日の芝居はここで終わりだ』そう告げるのは簡単だ。なのに庭中は、運転席の上芝の横顔をただじっと見る。

「着きましたよ」

ゆっくりと走っていた車が家の前に停まった。

庭中は鈍く頷き、車を降りた。低い門扉に手をかけたとき、背後でドアの開く音が聞こえた。暗い夜道に、大きな影のように停車した黒い４ＷＤの中から、男が降りてくる。

庭中は躊躇いがちに振り返った。

「今日は……楽しかったです。また会ってください」

打ち込んだワープロ文字が現実となって蘇《よみがえ》る。上芝の口から語られる。

いつも表情豊かな男だ。大きな口は、笑えば尻尾《しっぽ》を千切れんばかりに振る犬と被って見える。けれど、静かな表情は、デパートの紳士服コーナーにでも突っ立っている彫りの深い顔のマネキンを彷彿《ほうふつ》とさせた。

庭中は無言で男を見上げた。首を反らさなければその顔をはっきりと確認できないほど、上芝は間近に立っていた。

「おやすみなさい、また……」

戸惑《とまど》い気味に伸びた手は、庭中の前髪を軽く払った。触れるか触れないか、産毛を軽く撫でる距離で、大きな手のひらは頬の辺りを彷徨《さまよ》う。

――抱き寄せる……じゃなくて、頬を撫でると書いていたのか。

庭中は少し間抜けなことを考えながら、その目を見つめ返した。

顔を近づけられても、微動だにしなかった。

目交《まなか》いが縮まる。

唇が触れそうになる。

あと少しで触れるという距離で男は顔を背け、ふっと笑った。その微《かす》かな苦笑いの意味を考える間もなく、上芝はついと身を引いた。

「今日は……お疲れさまでした」

ぼんやり見つめるままの庭中に言った。

「おやすみなさい、先生」

すとん。『先生』、そう呼ばれた瞬間、庭中はどこかに落ちていく感覚を覚えた。

上芝に口づけを交わす気はなく、仮初《かりそ》めのデートの時間は終わったのだと判った。

拍子抜けしたのとも違う。どこか深い暗闇《くらやみ》に、すっぽりと体ごと収まる。見上げても出口の見えない闇に落下したような感じだった。

思わず足元を見たが、当然大穴なんて開いてやしなかった。

地面を見ている間に、上芝は車に乗り込もうとしていた。

「上芝くん！」

呼び止めに男が振り返る。声をかけておきながら、なにを言おうとしたのか、まったく判らなかった。言葉は庭中の頭のどこにも用意されていない。

「いや……なんでもない。お疲れさま」

上芝は怪訝《けげん》な顔をしたが、すぐに車に乗り込む。

「そうだ先生、言い忘れてました」

ドアを閉じる間際、もう一度口を開いた。

「……なんだ？」

「小説、前回も好評でしたよ。編集長が喜んでました」

「当たり前だ。評判じゃなかったら困る。僕は趣味で小説を書いているんじゃない」

庭中らしい返事に、男は苦笑した。なにかが足りない気がして、庭中は付け加える。

「ありがとう、礼を言うよ」

上芝に初めて、労《ねぎら》いの言葉をかけた。

「え？」

「君と会うようになってから、調子が上がってきた。前より仕事が楽しくなった。君のおかげだ」

すらすらと世辞が言えるほど庭中は器用ではない。

実際感謝しており、素直な気持ちだった。

閉じかけたドアのグリップを握り締めたまま、男は自分を見る。まるで続きを促されてでもいるようで、庭中は懸命に言葉を探した。

「君が……ちゃんと演じてくれるようになったからだ」

事実だった。少なくとも庭中はそう思っていた。だから、考えつくままに告げた。

笑みを浮かべかけていた男は、その言葉に唇を引き結ぶと表情をなくした。

どうしてそんな顔をするのか判らなかった。

「そう…ですか。先生の力になれてよかったです。次の原稿も楽しみにしてます」

もう一度『おやすみなさい』と言い残し、男はドアを閉める。

走り去っていく車を、庭中は立ち尽くしたまま見送った。やがて左のウインカーが遠くで点滅するのが見えた。曲がり角でストップランプを一度点《とも》したのを最後に、車の影は視界からなくなった。

穴は開いたままだった。自分がどこかに落ちた感覚は、庭中の体から抜けない。門を開け、家に戻る庭中の胸に、上芝と会っていた間の浮ついた気分は完全に消え失せていた。

『先生』、ただ一言そう呼ばれた瞬間から――

ヒロインの心の動きに沿って、芽生えていたはずの感情の起伏。

だったら、この感覚はなんなのだろう。

完璧《かんぺき》な一日。恋の順調な物語のヒロインの世界には今、気が沈む出来事は一切ないはずだ。

考えれば考えるほど、落ちた場所からさらに深みへとずるずる沈んでいく。

帰り着いた部屋で家の明かりを灯《とも》す庭中は、いつものように居間の入り口の日めくりカレンダーで今日の残りの予定を確認した。計画通りに十時に帰宅。深夜まで執筆作業に戻り、零時にシャワーを浴びて、そして――

庭中は書斎に入るとパソコンの電源を入れた。

パソコンが立ち上がる間に着替えを済ませ、書きかけの原稿のファイルを開いて机に向かった。

けれど、一行も書き出せなかった。車の後ろ姿や、上芝との会話が頭にちらついて離れない。

――あの男はどうしてキスをしなかったのだろう。

判りきっている。そこまでする必要もなく、男同士でキスなど簡略して当然だったからだ。

答えの判った疑問を庭中は何度も考えた。

結局その夜は、原稿に遅れのないことを言い訳に、予定から執筆の時間を外した。


「ねぇ上芝くん、ローズベージュとアプリコットゴールド、どっちがいい？」

ノートパソコンを開き、担当のフードコーナーの記事を黙々と打ち込み続けていた上芝は、隣の席から聞こえてきた声に、生返事で応えた。

「アプリコットティー」

「もう〜。ドリンクの話じゃないわよ。ルージュ、口紅っ！　前面に出すの、どっちがいいかと思って」

川本《かわもと》がぬっと上芝の顔の前に突き出してきたのは、紙面用に撮られた秋の新作口紅の写真だった。タイアップ広告形式ではない『レクラン』のコスメページは、企画主導型だ。掲載の仕方も、広告部を介さず編集部内で決定していく事柄が多い。

「ああ、化粧品ですか」

上芝はルージュの写真を三秒ほど見つめると、『こっち』とローズカラーのほうを指さした。

「大丈夫？　最近呆《ほう》けてること多いけど……夏バテなんて、上芝くんらしくないわよ。美味しいものだって食べてるんでしょ？　こないだはフレンチだったそうじゃない？」

『いいなぁ。担当、替わりたいもんだわぁ』とまでぼやく彼女は、庭中との打ち合わせで上芝がいい目をみていると思い込んでいるらしい。

考えようによってはそうだ。勤務時間中に食事だのドライブだのに時間を費やし、鬼編集長からも成果を褒め上げられる。

小説誌でドル箱作家の庭中は、『レクラン』の売り上げを上昇させた。情報誌に興味のなかった庭中のファンが、このまま定期購読層に収まってくれれば御の字だ。

「私も食事に行きたいなぁ。ホント、羨《うらや》ましい限りなんだから」

「そうですね」

「あれ、否定しないの？　あんなに嫌がってたのに」

「嫌ですよ」

――結構引きずってるな。

川本の問いに答える上芝は思う。十日前、帰り際に庭中に言われたあの言葉だ。

『君が……ちゃんと演じてくれるようになったからだ』

庭中に悪気はないのは判っている。彼なりの精一杯の褒め言葉だったことも。

けれど、だからこそガツンときた。判り過ぎるほどに判っていたが、自分に庭中が好意を抱いても、それはヒロインになりきっているからでしかない。自分が、小説の男を演じているからに過ぎない。

それ以外は不要だと言われたに等しかった。

あのとき――たとえキスをしていたとしても、彼はヒロインとして受け止めたのだろう。庭中は避けようとしなかった。そのつもりでシナリオに記していたのか、見つめ返してきた視線はまるでその瞬間を待っているようで……誘いかけている風ですらあった。

最近の庭中は、態度が柔らかい。喋《しゃべ》りは相変わらずだが、びっしり覆い尽くした……言動につきまとっていた棘《とげ》が抜け落ちて見える。会話をしている間の視線が、甘えを帯びて見えたことも一度や二度ではない。

勘違いしそうになる。いや、すでに気持ちは錯覚を起こしまくって、彼に惹きつけられていた。

蛇の生殺し状態っていうのは、もしかしてこういうのをいうんじゃないだろうか。

「じゃあ替わる？　庭中先生って男性なのね。『まひろ』なんてペンネームだからてっきり女の人かと思ってたけど……いい男でびっくりしちゃったわよ」

どこかで庭中の写真でも見たのか。男の庭中をヒロインに見立て、女の川本が男を演じる構図は最早《もはや》喜劇の域だが――

「そうして……もらうべきなのかな」

「べきってなによ……」

川本の言葉は鳴り出した音楽に遮られる。上芝の袖机《そでづくえ》の中で響き始めたのは、携帯電話の着信メロディだ。

取材で外出の多い上芝には、直接携帯電話にかけてくるライターやデザイナーも多い。大方仕事の電話だろうと取り出した上芝は、開いた画面にげっとなった。

もっとも取りたくない電話だ。無視しようかとも思ったが、そうこうしている間にも着メロは二コーラス目に突入しようとしている。

午前十一時。こんな時間からかけてくるのは、急用でも起こったのかと案じ、渋々電話を受けた上芝は激しく甘かった。

『駿一、今日は定時退社してもらいますよ！』

通話ボタンをプッシュした途端に飛び込んできた母親の声に、朝からげんなりしてしまった。

母親は業を煮やしたらしい。

『仕事が忙しい』を口実に、八月の盆も盆明けもかわし続けていた例の見合いの続きを、ついに強硬手段に訴えてきた。

勝手に見合い相手のお嬢さんとの約束を取りつけ、二度目の逢瀬《おうせ》をセッティングしてきたのだ。一方的な電話で予定を入れた母親は、その後、断りの連絡を頼もうにも電話に出なかった。

女性に平気で待ちぼうけを食らわせるほど、上芝は冷血ではない。息子の性格を逆手にとった母親は見事なもので、完全にしてやられた。

「上芝さん、今日はすみません。お仕事お忙しいんでしょう？」

どうにか定時で仕事を終わらせ、待ち合わせの場所に向かった上芝は、彼女を近くの居酒屋に誘った。

『母に一杯食わせられました、ではこれで』とくるりと背を向けられない自分が、少しばかり歯痒《がゆ》い。

とはいえ彼女に合わせて自分をつくってみせる性格でもなかった。

出勤したときのままの姿。自由な社風の出版社勤めの上芝は、今日もラフななりで、そして誘ったのはサラリーマンと学生に愛される夜の社交場、安さが売りの居酒屋だ。

全国チェーン展開の居酒屋と、大企業の跡取り息子はそぐわない。

彼女は物珍しげに居酒屋のメニューを見ていた。

「私、こういうお店初めてです。アラカルトで注文したらいいんでしょうか？」

アラカルト……居酒屋で聞くのは初めての言葉だ。

「いや、コースもありますよ、一応」

しかし彼女の想像するコースは、たぶん『店主オススメ、お魚活き活きコース』ではないに違いない。二十歳を過ぎて定職についていなくとも誰にも咎《とが》められず、一目《ひとめ》で高級と判るブランドワンピースを普段着のように着こなして現れるお嬢様だ。

パリのミシュラン三ツ星店でン年修業したなどと、眩しい経歴保有のシェフの店に誘うべきだっただろうか。

今更思い直す上芝をよそに、彼女は注文を次々と決めていった。生ビールにサワー、豚の角煮にイカのゲソ揚げ、居酒屋定番メニューがテーブルに並ぶ頃には、第一印象ほど彼女が良家のお嬢様の型に嵌まっていないのを、上芝は感じ始めた。

いや、型にはきっちり嵌まりきっているのだが、彼女は決して自分に相応《ふさわ》しい家柄と雰囲気の男を望んでいるわけではないらしい。

「上芝さんって、家に囚《とら》われない方なんですね」

そう言った彼女の目は輝いていた。てっきり忌み嫌われているとばかり思っていた、父親の会社から離れた仕事も、興味津々の様子だった。

変に気に入られても困る。見合いを受けた気も、母親の思惑に乗っかって結婚するつもりもないのだ。

その気はないとここらで伝えておかなければ、彼女にも失礼にあたる。どうやって切り出したものか、生ビールのジョッキを手に思案する上芝に彼女は言った。

「今日は上芝さんの意思で来られたんですか？」

「え……？」

「いえ、もうあれから一カ月近く経《た》ちますもの。上芝さんがそのおつもりなら、もっと早くにお誘いがあったんじゃないかと思いまして」

上芝は驚きの目で見た。すくっと背筋を伸ばしたまま、彼女はお茶でも嗜《たしな》む姿勢でサワーを飲んでいる。もっと他律的でもおかしくない二つ年下のお嬢様だが、ものを深く考えない女性ではなさそうだ。

「俺には気になる人がいます。母は知らないんですが」

上芝は正直に打ち明けた。

「それはお好きな女性という意味ですか？」

彼女は小首を傾《かし》げる。さらりとした癖のない髪が、白いスクエア・ネックのワンピースの肩を滑った。

女性……ではないが、ここは頷くところなのだろう。

庭中のなににそこまで惹かれるのか、自分でも不思議だ。綺麗だが男で、変人で、どこか危なっかしい。あの病気じみたところといい、手を拱《こまね》く。しかもマイペースで、他人のことにはてんで無神経。一言で言えば、最悪だ。普通なら関わりたくない部類の人間だった。

けれど、むしろそれが自分を惹きつけるのかもしれなかった。

上芝は普通の二十五歳だ。恋愛経験はそれなりにある。

思えば、世話を焼きたがる女性が多かった。

いつの間にか、背後を透かし見られている。

日本で有数の資産家の息子。家の名が周囲に及ぼす影響を、上芝はずっと昔から知っていた。多くの人間が知れば態度を改める。誤解だったのなら申し訳ないと思うけれど、少なくともそれを上芝に感じさせない女性はいなかった。

庭中のような鈍いタイプは存在しなかったのだ。

自分を不遇だとは思わない。何不自由ない家庭で育った。恵まれている。『王子と乞食』の王子のように、乞食になり代わりたいと願うほど、上芝は傲慢《ごうまん》な世間知らずではなかった。

けれど、自分の力で得たわけでもない家庭環境に最大の魅力を抱かれるのは、男として少し寂しいのも事実だ。

唯一、上芝の前で気ままに振る舞ったのは、中学三年生のとき初めて付き合った女の子だった。好きになったのは上芝のほうで、学生にしては長い二年もの間付き合った。惚れた弱みの上芝を、彼女は振り回した。

けれど、初めて家に連れていった翌日から突然彼女は変わった。

彼女は優しくなった。優しくされて、気持ちは急速に冷めていった。

以来、変化しない相手には巡り合えていない。

「好きなんだと思います。片思いですけど」

頷いた上芝に、テーブルの向こうで彼女は大きな目を瞬かせる。

「……片思いなのに、随分はっきりおっしゃるんですね。もしもそのお方に振られたら後悔しませんか？　とりあえず見合いは続けておいて、断りはそれからでもいいと、考えたりはなさらないんですか？」

「俺はあんまり器用じゃないんで、そういうのは性に合わないかな」

仕組まれた見合いでなかったにしてもそんな真似《まね》はしなかったはずだ。べつに誠実を気取るわけじゃない。正直、二股なんて面倒くさいというのもある。

残りの食事の時間は他愛もない話をした。会計を済ませ、引き戸を開けて店の外に出たところで、彼女は言った。

「私は宮櫛《みやくし》の娘です」

背後を振り返ると、小柄な彼女が自分を見上げていた。宮櫛とは彼女の名字だった。旧財閥系の会社を動かす家の名だ。

口にした彼女の目は、得意げでも誇示するでもなく、ただその名前の影響力を知っている目だった。

少し自分と同じ匂《にお》いがすると思った。

「なのにあなたは、それを気にかけないいんですね。私の周りには私を特別視しない人間はいません」

言いたいことは判る気がするが、彼女が何故そんな話をしたがるのか理解できない。

上芝はただ困惑し言葉を待った。

「そんな顔されなくても、判ってます。あなたは上芝家の方ですから、特別視する必要はないのだと」

「いや、そういうわけじゃ……」

「それも判りました」

頷いた彼女はにこやかに笑った。

「あなたみたいな方に会ったのは初めてです」

「はあ……」

「また、会っていただけますか？」

上芝の目を見上げたまま、物怖《ものお》じしない彼女は言う。期待に満ちた眼差《まなざ》しで『お友達としてで構いません』そう付け加えられ、首を横に振る術《すべ》も理由もなかった。

「そうですね、友達でよければ」

戸惑いながら了承すると、彼女は嬉しそうに微笑む。

「さっきお話しされてたお好きな方とうまくいくといいですね」

本当に色恋抜きの友達になりたいのか。果たして見合い相手と友人関係になって、彼女は楽しいのだろうか。

――まぁ、いいか。

上芝は彼女を送るべく、タクシーの捕まる大通りに向けて歩き始めた。

月夜だった。居酒屋や焼き鳥屋が多く並ぶ路地を歩きながら、ふと頭上を見上げると、満月がぽっかりと夜空に浮かんでいた。

歩みに合わせて揺れる月を見上げ、庭中はどうしてるだろうと思ってしまった。

「ああ、申し訳ない。今週早めに送る予定だったんだが、ちょっと予定がずれて……」

書斎の椅子に座り、電話の子機を耳に押しつけた庭中は、さして困った様子もない編集者の返事に安堵《あんど》の息をついた。

「もちろん。〆切までには送らせてもらうよ」

そう告げて、電話を切る。

電話の相手は、十日ほど前に打ち合わせをした女性編集者だった。新たな作品のプロットを週明けには送る約束を交わしていたのに、今はもう金曜の夜。当初の〆切は来週だったとはいえ、庭中は深い溜め息をついた。

仕事がうまく捗《はかど》らない。少し前まで怖いくらいに書けていたものが、憑《つ》きものが落ちたかのように書けなくなった。調子づいていた反動でもきたのか、こんな経験は小説を仕事にして初めてだった。

言霊《ことだま》がやってこない……そんなふざけた理由で〆切を遅らせる作家の気持ちが、判る気がする。判りたくもなかったが、事実庭中は同じ状況の中にいた。

「……彼女は幸福の中にいた。男と出会い、自分の人生がどんなに味気ないものであったかを知った。彼女は今……いま……今、なんだ？」

ディスプレイを見据えたまま、苛々と椅子を揺する。揺すっても続きの文章はなかなか浮かばない。画面右下の時計が九時に変わったのを目に留めると、再び溜め息が零れた。

パソコンの脇、机の端ではチューブの先のエアーストーンが、水の中で細かな泡を上げ続けている。上芝にもらったマリモは、そうめん鉢に収まり、水を張ったガラスの鉢は書斎を涼やかに見せていた。

エアーポンプはショッピングセンターに生活用品を買いに出かけたついでに購入した。必要か否か判らなかったが、ないよりはあったほうがいいだろうと考えてのことだ。

ガラス鉢の底に転がったマリモは、生きているのか死んでいるのか、身動き一つしない。動くものではないのは判りきっていたが、なんとなく突いてみようと手を伸ばしかけ、やっぱりやめた。

部屋は静かだ。エアーポンプの唸《うな》る音、エアコンの唸る音、パソコンのファンの唸る音、家の中にはモーターの音ばかり。庭中はふっと背後を振り返った。

立ち上がり、暗い間口を開けた部屋の出入り口で足を止める。

自分の家はこんなに広かっただろうか。そこら中に闇がたくさんある。

書斎以外は明かりを落としていた。一人住まいには広過ぎる二階建て。広い居間と書斎と寝室に、空き部屋が二つ。一つは物置兼資料室に使っている。

寂しいような気がした。一人でいるのをこんな形で意識するのは初めてだ。

一人には慣れている。両親は弟の不慮の事故の二年後、離婚した。朝起きたら父親がいなくなっていた。

『ごめんね、真尋《まひろ》』

母親はそれだけを言った。子供ながらに追及はできなかった。弟の死が家族に深い影を落としているのは、幼い自分にも判っていた。事故のようなものだったとはいえ、弟を誤って撃った父を母が欠片《かけら》も憎まないはずはなく、また父も自分を責めないはずはなかった。忘れようと努力する母親と、忘れてはいけないと自分を戒める父親。二人は疲れたのだろう。

日本より離婚率の高い国で暮らしていた庭中は、離婚が特別なことだとは感じなかった。ただ、その頃から予想外のことが起きるのを激しく嫌うようになったように思う。

朝起きたら、家族の数が減っている。楽しいものじゃない。

母親は庭中が十七のときに再婚した。庭中はやがて一人日本に移り住んだ。

母親からは今も時々連絡が来る。幸せそうだ、自分を気にかけてもくれている。

一人は気楽だった。机にあるはずのハサミやペンが勝手に移動していることもない。誰かの予定外の行動に苛つく煩わしさはなく、一人でいれば家族の数が変わったりもしない。

そう、思っていた。

庭中は間口の脇のスイッチを探ると、居間の明かりを点《つ》けた。無駄な明かりを点けておく必要はなく、しばらく人気《ひとけ》のない居間を見つめて明かりを落とす。再び灯してみてはまた消して、何度かそれを繰り返した。

点いては消える。天井の丸いシーリングライトは、庭中の意思に逆らったりもせず、予想どおり部屋を照らしては闇を戻した。

無意味なことをしていると気がつくのに、そう時間はかからなかった。

光を落とすと、天井近くから床まで届く大きな窓の外だけが皓々《こうこう》と輝いていた。

差し込む月明かりに、空高く上ったマリモのような丸い満月がこちらを見ている。

ぼんやりと月を見つめる庭中の背後で、メールの着信を告げる音が机のパソコンから微かに響いた。

思いがけない拾い物をしたような気分だった。

愛車のハンドルを握る上芝は、少し眠たげな顔で助手席に座っている男を見た。

夜を中心に執筆作業をしている庭中には、午前中の日差しは眩しいらしく、目をしょぼつかせている。

「まさか付き合ってもらえるとは思いませんでした」

サンバイザーを下ろしてやりながら、上芝は言った。

昨夜彼女と別れた上芝は、残した仕事が気になり会社に戻った。盆休み代わりにあたる今日からの数日間のリフレッシュ休暇に、庭中をドライブに誘ってみようと思い立ったのは、ほんの気まぐれ……というより、ダメ元だった。

仕事の連絡のメールの追伸に、『気分転換にドライブに行きませんか？』と添えてみた。了承の返事にも驚いたが、ほんの五分足らずで返事がきたのにも驚いた。

「ちょうど息抜きしたい気分だったんだ」

「最近猛スピードの執筆ですもんね、先生。もっとゆっくり書いてもいいんですよ、次の〆切にはまだ時間もあるし」

庭中は常に〆切の一週間前に原稿を上げてくる。前回は十日以上前だった。

――休むことを知らないんだろうなぁ。

今もそんな書き方をしていると踏む上芝は、庭中がふっと俯《うつむ》いた顔を歪ませたのを気取れなかった。

「……上芝くん、何時に湖に着くんだ？」

腕時計を見やり、庭中は尋ねてくる。

国道411号線をひた走る車は、奥多摩湖に向かっていた。都会のハイカーの憩いの場だ。

八月の最後の週、学生はまだ夏休み期間中だが幸い平日で、休日なら渋滞にかかりそうな場所も車はスムーズに走り抜けていた。

「たまには時計を見るのも休んだらどうですか？　帰りの時間は守りますよ」

街にいるのと変わらない庭中に苦笑する。

「ドライブなんて久しぶりだな。ああ……君とはよく行ってるが……仕事に関係なく行くのは、親戚に女性を紹介してもらったとき以来だ」

「……いつの話ですか、それ」

「四年……いや、五年前だな」

上芝は一時沈黙してしまった。

「先生、前から気になってたんですけど……先生は女性と交際したことも、惚れた人もいないんですよね？」

「ああ」

「じゃあ、庭中先生ってその……経験ないんすか？　その、つまり女と……」

昼の日中……正午にも満たないうちから話す話題ではない。いや、夜間とて仕事相手の小説家先生に持ち出す話じゃないだろう。中にはキャバクラ巡りが趣味で、ことあるごとに猥談《わいだん》をしたがる女性編集者泣かせの小説家もいるらしいが、庭中にそんなところは微塵《みじん》もない。

むしろ少しぐらいあったほうが、人間味が出ていいと推奨したくなるぐらいだ。

「すみません、答えなくていいです、今の」

てっきり怒ると思った。けれど気分を害するどころか、庭中は平然と答えた。

「童貞かと聞いているのか？　だったらその質問はイエスだ」

まるで昨日新聞を読んだか読んでないかみたいに返す。二十九歳にして童貞、その事実よりも回答の仕方に唖然《あぜん》となった。

他人にも自分にもストレート。率直といおうか、言葉を選ばない男は、薄々感じていたとおり天然っ気があるらしい。あまりに無頓着《むとんちゃく》な返事だった。

「変か？　まぁ統計的にみれば珍しいだろうが、特に不自由を感じてはいない。知識としては理解している」

「でも、不自由しないんですか？　男なのに？　先生、どっかやばいんじゃ……」

「不能じゃない。自己処理ならしてる。二日か三日おきに、時間を決めてバスルームで

「……」

「じ、時間決めてするんだ？　それもスケジュールに入れてんですか？」

さすがに可笑しい。上芝は噴き出した。

笑い声を殺すのに一苦労。庭中が唇を尖らせ、みるみるうちに不機嫌になっていくのを察し、上芝は慌てて神妙な顔をつくった。

庭中はなにを思ったのか、その尖った唇の先を指で撫で始める。

「どうかしました、先生？」

「いや、今むっとした。何故だろう」

「そりゃ、俺が失礼なこと言って笑ったからでしょ」

「……そうか。そうだな」

不思議そうに唇の先を突いている男は、どことなく可愛らしい。淡く色づいた唇に視線は引き寄せられる。

キスをしかけた夜を思い出した。さらにはストイックな庭中がどんな風に自分を宥《なだ》めているのだろうと想像を巡らせてしまい、上芝は焦って前に向き直る。

不埒《ふらち》な思考を振り払うように、ハンドルを握り締めた。

「車高が高い車も悪くないな」

車は国道を少し戻っているところだろうか。

運転は上芝任せの庭中にはよく判らなかったが、以前、降りにくいだの乗りにくいだのと文句を言っていた庭中も利点を認めないわけにはいかない。高い視界から見る景色は心地がいい。

奥多摩湖周辺に着くと湖畔に車を停めて散策し、午後二時半頃に遅い昼食を摂《と》った。舌鼓を打ったのは釜飯だった。上芝はこのあと、峰の巣だか鳩ノ巣だかいう場所に寄るつもりらしい。なんでも、渓谷美が楽しめる場所だそうだ。

都心から日帰りで行けるスポットといっても、引きこもりが常の庭中は、この辺りに来るのは初めてだった。

道は渓流沿いに続いている。紺碧《こんぺき》の川が眼下にうねっているのはよく見えた。

急に車が蛇行し、対向車線にはみ出す。なにかと思えば、路肩をこげ茶色の馬が歩いていた。もちろん人に引かれてだ。

「この辺にも馬飼ってるところあんのかな。秋川のほうには乗馬施設があるって聞いてるけど……」

車線を戻した上芝は、バックミラーを覗いて言う。

「君は馬に乗れるのか?」

「子供の頃からちょくちょく乗ってるんで……まぁ一応。気持ちいいですよ、車なんかと比べものにならないほど視界高いし」

「スポーツ乗馬か、いかにも金持ちの坊ちゃんらしい遊びだな」

とは言ったものの、ブーツに帽子、乗馬キュロットのいわゆるブリティッシュスタイルで馬に乗る上芝は想像がつかなかった。ようやくスーツ姿で現れるようになった上芝だが、今日は仕事ではないから元に逆戻り。一般的な学生のような格好をしている。

乗馬……カウボーイ風のウエスタンスタイルだろうか。

頭を捻る庭中の隣で、男は言った。

「いや、スポーツ乗馬じゃないですよ。最後に乗せてもらったのはモンゴルの村で……あっちの子供ってすごいんです。当たり前っちゃ当たり前なんだけど、俺なんか全然追いつけなくって！」

「モンゴル……」

「ナーダムって知ってます？　モンゴルの民族の祭りなんだけど、その中で子供が馬に乗ってレースやってんですよ。去年の休みにそれ見に行ったんです。面白かったなぁ、レースったってコースなんかちゃんとないし」

ある意味、豪快な余暇の使い方だ。

少年のように眸を輝かせている男を、庭中は見る。

「なるほど」

「なんですか」

「いや、納得がいったよ。君らしいな」

自由で奔放《ほんぽう》そうで、自分とは対極的な男だ。

本気で旅立ちたくなれば、きっとどこへでも行ってしまえるのだろう。

場所も――時も選ばず。

親がどうあれ、上芝は今会社員だ。自由業の自分のほうが何者にも縛られていないはずなのに、立場は逆に感じられる。自分は一体なにに縛られているのか。

「どうして君は編集者をやってるんだ？」

初めて疑問を覚えた。

そして、上芝に興味を抱いている自分を自覚した。

「ああ、本当は『ナチュラル』の編集者になりたかったんですよ」

「『ナチュラル』？　ネイチャー雑誌のか？　君の出版社の発行誌か、あれも」

「ええ、熱烈に希望したんですけどね、配属されずじまい。けど、今の仕事も楽しいですよ。先生と美味《うま》いもんも食いに行けるし、同僚に羨ましがられてますよ。川本って女性編集なんですけどね」

本当は今も諦《あきら》めきれていないのか、どこか男が寂しい表情を浮かべたように見えた。

自分との仕事は、上芝にとって楽しいものではないのかもしれない。

今日は休暇だと言っているが、上司に機嫌を取ってこいと命令された可能性もある。雑誌の売り上げが伸びていると言っていた。自分を労ってこいと言われていても不思議ではない。

そう考えると、胸の辺りが縮まる感じがした。

苦しい気持ちになる訳は、今の庭中には一つしか思い当たらなかった。

「……上芝くん、僕は……」

原稿を書くスピードが落ちてきていることを、『レクラン』編集部の誰も……上芝も知らない。次の〆切にはどうにか間に合うだろう。けれどその次は？　庭中は不安に駆られていた。

打ち明けようと考えた庭中の声は、上芝の弾《はじ》けた声に掻《か》き消された。

「先生、着きましたよ！」

車を駐車場に停めて下りると、二人は遊歩道に入った。

原稿の遅れをどう切り出したものか。歩き出してすぐは、先を行く上芝の背を見つめ思案していた庭中も、飛び込んできた景色に目を奪われた。

「やっぱ夏だし、水量少ないですね」

上芝は残念そうに呟いたが、充分癒《いや》しを与えてくれる光景だった。

緑が匂う。涼を感じさせる水音が鼓膜を打つ。侵食された岩肌に巨石の間を縫って流れる急流、生い茂る原生林と、目に映るのは見事な渓谷美だ。

途中川沿いを離れたりしながらも、山の空気とせせらぎを堪能しながら、二人はゆっくりと歩き続けた。何度かトレッキングを楽しむ人々とも擦れ違った。

「革靴で大丈夫ですか、先生？」

三十分ほど歩いたところで、小さな滝の姿が見えてくる。整備された遊歩道を離れ、川縁に降り立つ庭中に、上芝は心配そうに声をかけてきた。

「ああ、大丈夫……うわっ！」

足場の悪い場所だった。ぐらついた石に、庭中は背中を仰《の》け反《ぞ》らせる。上げた情けない声に、上芝は笑い出した。

「山に行くっつったのに、先生なんでそんな格好かなぁ」

「スニーカーなんて持っていない」

失笑する男に、言い返す。僅《わず》かに突き出してしまったように感じる唇に、庭中は車内と同じく指を運んでみた。

上芝といると、以前はなかった種類の喜怒哀楽が芽生える。小説のヒロインに同調しているからだと思っていたが、こうして私的に会っていても同じだった。

否、今のほうがより強い。

「曇《くも》ってきましたね。そろそろ戻りますか。約束の時間までに帰れなかったら、先生に恨まれそうだし」

上芝は空を見上げている。左腕の時計を見ると、四時半を過ぎていた。

「もう少し……もう少し、ここで涼もう」

車まで戻るにも距離がある。上芝の勧めに従ったほうがいいのは判っていたが、家に帰るのを考えると気が重い。急速に帰りたくなくなってくる自分を感じた。

独りきりの広い家。気づいた孤独感はあまりに大きかった。昨夜、上芝からのメールを見たときは、迷いもせず飛びつくように誘いに乗る返事を書いた。

「じゃあ、もう少しいますか。あれ……あんなんで、なんか釣れるのかな」

上芝がくすりと笑う。キャンプ場でも近くにあるのか、少し下流では川遊びをする子供たちの集団の姿があった。手製に見える小さな竿《さお》で、釣りの真似事をしている子供もいる。

「ああっ、やっちゃったよ」

子供の頭上に張り出した、細い枝先の茂みが揺れる。眺めている傍から、釣り針を木に引っかけたらしい。子供は飛んだり引っ張ったりを繰り返すも、枝が揺れるばかりで外れる気配はなかった。

「俺、ちょっと行ってきます」

「え、ああ……」

上芝はひょいひょいと身軽に巨石の上を渡り歩いて子供の元に向かう。

見守っていると、針はすぐに外れたようだった。子供たちと会話をしている男の姿が見える。釣りの仕方でも教えているのか、見るからに子供受けしそうな男だ。

一人でいるのも退屈で、自分も行こうかと考えたがやめておくことにした。子供は激しく苦手だ。

庭中はぼんやりと滝つぼの縁の岩に佇《たたず》む。

細かな霧となって吹きつける水飛沫《みずしぶき》が心地よかった。川もそうだが、滝は不思議なものだ。水は一時もそこに留まっていないのに、有形のものであるかのように見える。

触れてみようと思ったのは、ほんの気まぐれだった。自分らしくもない行いを、何故したくなったのかは判らない。

ただ、普段の自分ではない行動をあえてしてみたくなったのだ。

滝に続く岩肌には足場になる隆起はいくらもあり、数歩歩けば触れられる距離だった。

庭中は岩によじ登った。川べりの石とは違い、飛沫に濡《ぬ》れていたのは計算外だった。濡れた黒い岩は、考えていたより足元が悪い。

滝に手を伸ばすのを諦め、戻ろうとしたそのときだ。岩の隙間《すきま》に密生した湿った岩苔《いわごけ》に足を掬《すく》われた。

革靴の底は、呆気《あっけ》ないほど簡単に滑った。

落ちる、と思った。庭中はなりふり構わず岩に取りついた。すんでのところで踏み止《とど》まる。

思いきり岩肌に擦《こす》りつけた腕が痛んだけれど、落ちるよりは遥《はる》かにいい。

「とんだスリルだな……」

呟《つぶや》き、安堵の息をついた庭中は、微かにぽちゃりと鳴った音を耳にした。

転がり落ちた石だろうか。見下ろした足元の水面《みなも》が、きらりと銀色に光る。

きらきらと輝きを残し、ゆらゆらと深い川底に沈んでいくのは、庭中の腕時計だった。

「時計が……」

庭中は足を滑らせたときよりも、蒼白《そうはく》になった。

時計がなければ、時間が判らない。時間が判らなければ——予定に囚《とら》われる庭中は、片時も時計のない生活をしたことがなかった。

いつも身につけている腕時計は、今や体の一部のようなものだった。

「……先生！　なにやってんですかっ!!」

上芝の声が遠く聞こえた。

異音が上がる。滝の音とは異なる音は、庭中が川に飛び込んだ音だった。考える間もなく、行動に移していた。

「先生！　庭中先生っっ!!」

自分を引き戻す力強い腕を感じたのは、川の深みに身を躍らせようとしたときだ。

「落ち…たんだ。時計、時計が……っ！」

「時計？　そんなもの……先生、そっちに行っちゃダメです！　浅そうに見えても滝の下は深い……」

「離せ！　離すんだっっ!!」

庭中は手足をバタつかせる。行く手を阻む腕は、自分を解放しようとしない。

「先生、しっかりしてください！　時計ぐらい代わりはいくらでもあります！」

激しくもがいた。暴れているといっても過言ではないほど取り乱した。けれど庭中が男の声に落ち着きを取り戻すのに、そう時間はかからなかった。

我に返った庭中は、気づくと胸元まで川に浸かっていた。服だけでなく頭もずぶ濡れで、それは背後で抱き留める男も同じだった。

愚かなことをしたと、やっと理解する。

「……すまない」

「先生、車に戻れば時計はちゃんとあります。携帯にだって」

優しい声だった。

自分を宥める男の声が体に染み入る。冷たい川の水の中で、仄《ほの》かに伝わる男の体温は心地よかった。

人の体温を感じたのは何年ぶりだろう。

忘れていた、人の体の温《ぬく》もり。初めて知った、自分の力で立つ必要もない、身を預けてしまえるほどの強い抱擁《ほうよう》。

上芝の腕の中で、庭中が感じたのは深い安堵感だった。


宿を取ったのは、国道沿いの小さな温泉旅館だった。

上芝に連れられるようにして庭中は車に戻ったものの、シャツはともかく、ズボンはシートに座れる状態ではなかった。服も靴も髪も、なにもかもが絞れるほど濡れていた。

しかし車に乗らないわけにもいかない。腰の落ち着かない気分でシートに座り、渓谷に来る途中に見かけた旅館に向かった。

服を乾かしてもらうのが目的だったが、いい顔をされるはずもない。すぐに乾くものでもなく、濡れたままの髪も気持ちが悪かった。

泊まってしまおうと言い出した庭中に、上芝は驚いていた。庭中はスケジュール帳の予定を書き換えた。

宿泊すると決めてしまえば、あとは優雅なものだ。異常ともいえる行動に及び、さすがに気まずさと申し訳なさの拭《ぬぐ》えなかった庭中も、温泉に浸かり、客室で夕食を摂るうちに平静を取り戻した。

開け放った部屋の窓辺に座り、庭中は涼んでいた。午後九時、眠るには早すぎるが、部屋にはもう布団が用意されたところだ。

客室は川に面していた。畳に座卓、フローリングの窓辺に椅子が二つと小さなテーブルが一つ。典型的な旅館の和室だ。よくいえば情緒ある、悪くいえばひなびた宿だった。

上芝は浴場に行くと言って部屋を出たきり、なかなか戻ってこない。どういうわけか、男は食事前に一緒に風呂に入るのを拒んだ。

手元には上芝が残していった携帯電話がある。

習い性で時間を確認し、庭中は川に視線を移した。身を乗り出して目を凝らしても闇に沈んだ川面は見えないが、やむことのないせせらぎの音だけは響き続けている。

穏やかな気分だった。

今なら少しは原稿も書けるかもしれない。ノートパソコンを持参すればよかったと思う。

「虫が入ります」

気配と声に振り返ると、上芝が戻ってきていた。濡れた髪をタオルで拭《ふ》きながら近づいてくる。

浴衣《ゆかた》姿の男は、同じく浴衣を着た庭中を見ると微妙な表情を浮かべた。

「つか……先生、衿《えり》の合わせがそれじゃ死人です」

「そうか？　まぁ、なんでもいいだろう、着れていれば。死ぬわけじゃない」

「先生って……極端ですよね。神経質なとこと無頓着なとこ」

衿を引っ張ってはみたものの、直す必要性をまるで感じない庭中に、上芝は呆《あき》れ顔になる。

それから、すまなそうに詫《わ》びた。

「先生、今日はすみません、予定どおりに帰れなくて……」

「君のせいじゃないだろ」

川に飛び込んだのも、旅館に泊まると決めたのも庭中だ。

結局、帰りたくなかったのかもしれない。

不慮の出来事のせい。ずぶ濡れで帰って夏風邪でもひき、余計に原稿が進まなくなっても困ると理由づけていたが、帰れなくなってホッとしている自分がいないとはいいきれない。

「……蛍だ」

再び表に視線を向けた庭中は、独り言のように言う。眼下でふらりと緑色の光が蠢《うごめ》いた。

「まさか。時季外れだし、こんなとこにいないでしょ。昼に行った谷の奥の沢はゲンジボタルがいるって旅館の人が言ってましたけど……」

旅館の人間と話し込んでいたのだろう。どうりで戻ってくるのが遅いはずで、つくづく人好きがする男だ。

「ああ、花火ですよ」

小さく点った光の先から、緑の火花が流れる。同時に若い女性らしき声が、川辺から上がった。暗くて姿は見えないが、数人のグループがいるようだった。

雨が降るのかもしれない。流れてきた微かに硝煙の匂う空気は、湿気を孕んでいる。

「夏らしくていいですね」

花火を見下ろし呟いた男の声に、庭中は頷こうとしてできなかった。

唐突に意識した。背中に仄かに感じる体温。上芝は開いた窓と窓枠に両手をつき、庭中の頭上から表を見ていた。

顔の真横に、浴衣の袖口から伸びた日に焼けた腕がある。目に留めると、急に庭中の胸は早鐘を打ち始めた。

――この腕に抱きしめられたら、心地がいいだろうか。

庭中はすでにそれを知っていた。自分にはない、男らしく筋肉の張った腕。水中で抱き留められたとき、今まで得たこともない安心感に満たされた。

心の張り詰めた糸は切れるでも、弾けるでもなく、水に浸した寒天のようにふやけて蕩《とろ》けていった。

あの感覚を、もう一度味わってみたい気がした。

「……上芝くん」

「なんですか?」

次々と点される花火を見つめたまま、男は胡乱《うろん》な声で応える。庭中はどう頼んだらいいものか判らず、続けた。

「その腕をこう……曲げてみてくれないか」

「……は？」

「だから腕を……そっちも」

「なんの遊びですか？」

怪訝な声を返しながらも、男は頼みに従う。両腕を折り畳んで初めて、それが庭中の肩を抱く格好になることに気づいた様子だった。

途端に身を引こうとした男の腕を、庭中は反射的に摑んだ。振り返り、逃げられまいとするように、その浴衣の胸に取り縋《すが》った。

背中を丸め、額を男の腹の辺りに擦りつける。

「……せ、先…生。ど、どうかしたんですか？」

上芝は声だけでも判るほど動揺していた。

問いに答えを探す。この男に抱き締められると安らげる訳、安らぎたい理由。自分の中にある、不安の源。すべてが判然としないまま、庭中は口走った。

「……抱いてくれないか？」

「え……？」

「女のように抱いてみてくれないか、僕を」

自分でもなにを言っているんだと思った。一度滑り出した言葉は止まらず、庭中は男が自分の奇怪な言動に狼狽《ろうばい》しているのを知りながら言った。

「それって……どういう……」

「……書けないんだ、小説が。君には……言わなければと思ってた。僕はこのままだと……いつか一行も書けなくなってしまうかもしれない。毎日机の前に座ってる、前より多くだ。でもなにも浮かばない、彼女のセリフがもう判らない」

「って……先生、こないだまであんなに早く……」

上芝は言葉を飲んだ。切羽詰まった庭中の声に、決して嘘や大げさではないと悟ったようだった。

「君に抱かれたら、僕はまたなにか摑めそうな気がする」

「それって……俺に、小説の男としてあなたを……抱けってことですか？」

庭中は頷いた。けれど、上芝は今度はなにも返してこない。顔を起こして見上げれば、戸惑いに険しい表情を浮かべる男の顔がそこにあった。

上芝は不愉快だと言いたげに、眉間をきつく寄せた。

「……すまない。今のは忘れてくれ」

緩く首を振る。いくら何度も小説に合わせてデートをしているからといって、どうかしている。

上芝は男だ。自分も男。抱かれてみたいだなんて、仕事のためとはいえ常軌を逸した発言だ。

相手が言葉をなくすのも無理はない。

「聞かなかったことにしてくれ」

庭中は念を押して言い、男の胸から身を離す。

上芝は黙っていた。願いを打ち消しても、言葉を発しようとしない。

風呂に浸かり火照った上芝の体は、夜気にあたり続けた庭中には心地いいぐらいに感じたけれど、名残惜しくとも離れないわけにはいかなかった。

そっと身を引くと男が口を開いた。

「そんなの……無理です。聞いたものは、簡単には忘れようもないですよ」

いつもの明るい声ではなかった。

長い間待って返ってきたのは、苦しげに掠れた男の声。また俯かせてしまっていた顔を上げると、男の顔は気づかぬうちに間近に迫っていた。

その残された短い距離すら縮まる。唇と唇が触れ合わさる。強く押しつけられた唇を、庭中はしばしぼうっと受け止めたのち、『ああ』と思った。

これはキスなのだ、そう理解した。

「いきなり大股《おおまた》開く女はいませんよ」

承諾を取りつけたものの、どうしたものか悩み、布団に転がるや否や足を開いてみせた庭中は、上芝の笑いを買った。

険しい表情を崩《くず》さずにいた男が、少しの間笑う。グラビア雑誌にありそうなポーズを真似てみた庭中は大真面目だったのだが、大層可笑しかったらしい。和むつもりもないのに、和ませてしまった。

女を抱いた経験もない庭中が、女の立場を真似ようとするのは、そもそも無謀だった。

書いているのは恋愛小説であって官能小説ではない。それなりに性の描写は描いていたが、大部分はしょっていて、ベッドに入った数行後には朝がきている程度のものだった。

細部の生々しい行為に至っては、意識すらしていなかった。

「……そうか」

これからどうしたものか。途方に暮れる庭中は、頬を両手で挟まれて目線を上げる。

「先生」

まだ口元の笑っている男の唇が、ふっと寄ってきて再び触れた。今度は庭中も静かに目を閉じ受け止めた。

ゆっくりと体重をかけられ、枕に頭を沈める。

上芝は何度も角度を変え、口づけてきた。乾いていた唇は触れ合わさるごとに、しっとりとした感触に変わっていく。唇のあわいを舌先で幾度かなぞられ、庭中はどうしたらいいのか判らずに、緊張して思わず歯を食いしばる。

困惑した声で男は言った。

「先生……口、開けてください」

「口……ああ、こうか？」

「……それじゃ、歯医者です」

再び笑われてしまった。

「じゃあ、どれくらい開ければいいんだ。はっきりしてくれ」

むすりと言い返し、無意識に唇の両端を舐《な》める。閃《ひらめ》く舌の動きを上芝は凝視し、何故か目線が追いかけてくる。

急に笑みの失《う》せた男の顔を訝《いぶか》しんで見上げていると、突然嚙《か》みつくみたいに口づけられた。顎《あご》を捉《とら》えられ、仰《あお》のかされ、閉じかけた唇の間に湿った舌が割り入ってくる。

「んっ……ぅん……」

不意に施された深いキスを、庭中は不快だとは思わなかった。嫌悪感を抱くどころか、訳も判らず上芝に合わせ舌を絡め合わせるうちに、胸には甘酸っぱいものが飛来した。

「……ん……」

まだ濡れたままの上芝の黒髪の頭を、掻き抱く。

「……先生」

上芝が自分を呼ぶ。シナリオデートの最中は、興が削《そ》がれるからと下した指示に従い、いつも上芝は『庭中さん』と呼び続けていた。呼び変えられていることに、庭中はまったく気づいていなかった。

呼び名など厭《いと》わない。キスの合間、何故抱かれようとしているのかすら、忘れていた。

浴衣の衿が肩から引き下ろされる。合わせすら適当な庭中の着方は緩かったのか、衿はするりと肌の上を滑った。

上芝の手のひらがそろそろと体を撫で始める。雨粒を掃く車のワイパーのように、ときには螺旋《らせん》を描いたりもしながら。やがて浮き上がった胸元の二つの尖りの上を、指は彷徨った。どうしてそんな場所に拘《こだわ》るのかと考え……庭中は『女のように抱いてくれ』と頼んだ自分を、ようやく思い出した。

手のひらが這《は》う。親指の腹で、小指の爪の先ほどもない小さな膨らみを転がされる。ぞくぞくとなる背筋のざわつきはくすぐったさなのか……片方に唇を落とされると、その未知の感覚は大きくなった。

思ったよりも柔らかな男の唇が、優しく挟み込むようにそれに触れる。

「……硬くなってきた」

唇と指の節で、擦り上げられる。

「……ふ…ぁっ」

優しく吸われた瞬間、庭中は喉奥《のどおく》から吐息を漏らした。体の奥深いところから湧《わ》いた女のような甘い声音に、上げた自らドキリとなった。慌てて口を噤《つぐ》み、歯を食いしばる。

上芝は微かに笑った。

「声、殺してどうするんですか。女みたいに抱かれたいんでしょ、先生」

冗談めいても聞こえたが、上芝の声はどこか冷ややかだった。意に反した行為を求められているからか、怒りを帯びてすら聞こえる。

「上…芝くん、嫌なら……」

やめてもいい、という言葉は、男の舌の閃きに意味をなさないものに変わった。

「……ぁっ……あっ……」

胸を愛撫《あいぶ》され、堪らなく感じる自分が信じられない。

男は舌の裏で引き転がしたり、舌先で跳ね上げたりを繰り返す。

上芝の愛撫は官能的で、そして細やかだった。

──彼はいつもこんな風に女性を抱いているんだろうか。

そう考えると何故か胸苦しさが襲ってくる。けれど、身にもたらされる快感はそれを呆気《あっけ》なく凌駕《りょうが》し、忘れさせてしまう。

時折、音を立てて吸い上げられる度、ひくんと庭中の体は波打つ。布団の敷布を何度も踵《かかと》で掻いた。下腹の辺りが……体の中心が、いつの間にか甘く疼《うず》く。それはよく知った……けれど、知らない域の衝動だった。

「……先生」

戸惑う声に、男のウエストの辺りにそれを擦り寄せている自分に気がついた。

「あ……す、すまない」

庭中も男だ。自分の意思とは無関係にそこが反応するときもある。けれど、それは理性で押し止められる範囲のもので、こんな風に無意識に快感を追ったためしはなかった。

我慢できない。やめようとしても、すぐまた腰を押しつけてしまう。庭中は堪《こら》えきれずに手を伸ばした。体を捩《よじ》り、横臥《おうが》して自分を慰めようとする庭中の耳元に、上芝が囁きかけてくる。

「俺がしてあげます」

吹きつける吐息混じりの声に、体の芯が余計に熱くなった。

「……だ…が、女に……」

女にそんな場所はついていない。戸惑う庭中をよそに、上芝の手は浴衣の裾《すそ》からそろりと忍んできた。

「待っ……」

湿りを帯びた下着の上を、手のひらが撫でさする。一部が先走りにじっとりと濡れているのは知られてしまっただろう。

「……湿ってる」

呟かれ、耳や頬がカッと熱くなる。

「まだ乾いてませんよ。なのに穿《は》いたんですか？」

上芝は辱めに言ったわけじゃないのか、判らなかった。庭中の下着はまだ半乾きだった。宿泊予定もないのに替えの服を持ち歩いているはずもなく、穿いているのは洗って客室の洗面室に干していたものだ。

「落…ち着かないんだ」

「確かに……ノーパンの先生なんて想像がつかないかな」

上芝は微かに笑う。庭中はのん気に笑ってはいられなかった。

「あ…っ……」

縁に指をかけられただけで、庭中の昂《たか》ぶった性器は頭を覗かせた。下着を引き脱がされ、足を割られる。つい今しがた、自ら足を開いてみせたときにはなんとも感じなかった行為が、急に恥ずかしく思えた。どうしてだろう、ただの生理反応だ。自慰のスケジュールすら上芝には話してしまっているのに、自分の感情の動きが判らない。

開き立てた足の間で、濡れそぼった昂りが小刻みに揺れる。

「本当に不能じゃなかったんですね、先生」

見られている。視線を痛いほどに感じた。

部屋は古めかしい蛍光灯の明かりを落とし、豆球の橙《だいだい》色の明かりだけだったけれど、暗闇に慣れ始めた目にはすべてが詳細に映った。上芝も同じに違いない。

「上…芝くん…っ、んっ……」

身じろいで逃げを打つ間もない。

張り詰めたものに触れる男の指の感触。他人の指に触れられるのは初めてだった。性的な衝動を無理に抑え込み、自分に我慢を強いてきたつもりはなかったが、もたらされた初めての悦楽に庭中の雄は悦《よろこ》びに打ち震える。

従順に反応してしまうのが、余計に羞恥《しゅうち》を煽《あお》った。包み込んだ男の手のひらは、ゆったりとした動きで性器を扱《しご》く。尖端の張り出しを優しく撫でられ、敏感な裏の部分を刺激され、上芝の手の中で硬く育っていく。

「あ、待っ……あぁっ……！」

庭中は数回扱かれただけで、あっけなく解き放った。

けれど、上芝は絡めた指を離そうとはしなかった。残滓《ざんし》を搾り取るように擦り立てる。根元から膨らんだ尖端《せんたん》まで、絡んだ指は何度も行き交う。

「……や……やめっ……」

達したばかりの過敏な性器を弄《いじ》られ、庭中は腰をのたうたせた。自分が終えたのを上芝は気づいていないのかと思った。

そんなはずはない。弾けた飛沫《ひまつ》は、男の手を指の間から溢れるほどに濡らしていた。上下する手の内も……萎《な》える時間を与えられない強張りも、卑猥《ひわい》にぬるついていく。

「上…芝く……も、もういいんだ。もう…っ……」

「……早過ぎます、先生。こんなんじゃ、俺……こ…んなにすぐ終わっちゃ、先生だってなにも判らないでしょ？」

そう言った男の目は、なにかを懸命に欲しているかに見えた。気のせいだったのかもしれない。確かめようとした視線も、返事をしようとした唇も用をなさなくなった。

「痛……っ！」

いきなり耳朶《じだ》に鋭く噛みつかれ、庭中は悲鳴を上げた。けれど、なにか怒っているのだと思いきや、次の瞬間には優しく舐められる。裏腹な上芝の行動の意味が、庭中にはまったく理解できなかった。

熱い息が、耳元を掠める。

「先生、俺に酷《ひど》いことしてるとは思いませんか？」

「……酷い……こと？」

「判らないなら……いいです」

するすると帯を解かれ、全身が露《あらわ》になる。閉じ合わせようとした足は、上芝の手によって再び大きく割られた。埋められた男の顔に、またどこか噛みつかれるのだと思った。

耳朶に走った痛みを思って竦《すく》み上がる庭中は、襲った衝撃にびくんと肩を弾ませた。

上芝は口づけてきた。怯《おび》える庭中の性器の先に優しく口づけ、尖端から根元へ、縮こまる袋から……存在も忘れていた場所へと、迷う素振りもなく舌先を這わせてきた。

「なっ……汚い、だろうっ、そんなところ……」

焦って語尾の跳ね上がる庭中の言葉を無視し、男は腰を摑む。庭中はじりじりと敷布の上を這い上った。触れられまいと身を捩り、引き戻されまいと敷布団の端に抱き縋る。

もどかしげな上芝は、庭中の腰に腕を回してきた。

「わ……」

軽々と男の手に抱え上げられ、下半身が宙に浮く。膝《ひざ》をついたときにはみっともなくうつぶせで、がっちりと摑まれた腰だけを掲げる状況になっていた。

「……なにもしませんから」

半端に腕と腰に絡んだ浴衣の裾を、払い上げながら上芝は言った。

「してるじゃ…っ……」

してるじゃないか。そう叫ぼうとした声は、声にならなかった。

剝き出しになった双丘を割られる。左右から狭間《はざま》に沿った指が、そろりと奥の窪《くぼ》みを暴き、
庭中は息を詰めた。浅い谷間に走った部屋の空気にショックを受ける。

庭中は羞恥心に関しては人より劣っているほうだった。マイペースでまるで鈍い。けれど今は経験したこともない激しい羞恥を感じていた。

「汚くなんかない……石鹸《せっけん》の匂いがする」

上芝の声は聞こえていなかった。上芝がなにをするつもりでいるのか判らない。思考は完全に停止し、畏怖《いふ》だけが頭を支配する。

訪れたのはキスだった。恥じらって震える場所に、上芝はしっとりと柔らかな唇を押しつけてきた。何度も何度も。唇に与えるキスのように窪んだ場所を愛撫する。

「……あぅ…んっ……」

やがて舌先がくるりと窪みの周囲を撫でた。唾液《だえき》に濡れた舌先が、固く閉ざした窄《すぼ》まりを突く。ノックされ、口のように開けろと命じられても、容易《たやす》く開くわけにはいかない。

「ね……先生、力…抜いて」

庭中は呻き、首を振る。けれど力を込めて閉ざした場所は、舐め尽くされるうち、庭中の意思を裏切り始めた。

じわりと見知らぬ感覚が湧き上がる。膨れる感覚に堪《こら》えられなくなる度、止めた息を紡ぐように窄まりは綻び、上芝の舌を奥へと招き入れた。

閃く舌先は、少しずつ庭中の内を開きながら進む。奥へ触れられるほど襞《ひだ》は敏感に反応し、綻ぶ間隔を縮めていった。

「……や、い…や……あぁっ！」

ついにするりと男の舌が深く差し入れられ、庭中は辺りも憚《はばか》らない高い嬌声《きょうせい》を響かせる。

そこから生まれているのは、明らかに快感と呼ぶものだった。

「かみ、上…芝くっ……」

女みたいに抱けと言われた上芝は、自分のそこを女の性器に変えてしまうつもりなのか。

その先はもう、訳が判らなかった。

与えられる、深い口づけのような愛撫。ぺちゃぺちゃと響いてきた淫《みだ》らな水音。啜《すす》り泣くみたいな声を上げ始めた庭中にも構わず、腰を大きな手で鷲掴《わしづか》みにした男は、秘した場所を執拗《しつよう》に舐め溶かす。快楽に身をくねらす庭中が、本当に女のようによがり啼《な》くまで愛撫が緩むことはなく、やがて硬いものがじわりと穿《うが》たれた。

「……ひ…ぁっ……ぁっ……」

上芝の指を深々と銜《くわ》え込まされ、庭中は喘《あえ》いだ。

開いているのも指の感触も、まざまざと伝わってくる。けれど、不快かと言われればそうではないのも判る。慣らされる感触はもう悦びでしかない。ふと目に映ったのは、雫《しずく》のようなものを垂らしながら、ひくひくと跳ね上がる動きを見せている、自分の淫《みだ》らな性器だ。撓《しな》りきったそれはしとどに濡れ、先走りを光らせてその瞬間を待つ。

「……か…みし、ばくん…もっ…もう……」

庭中は額をシーツに擦りつけ、別人のような声音で訴えた。

出したい。あれを、出してしまいたい。

願えば上芝はさっきみたいに、導いてくれるに違いないと思った。

ゆっくりと抜き出された指に、喪失感を覚える。もっと上芝の指を飲み込んでいたいとでもいうように、窄まりは息づいて喘いだ。開いては閉じる濡れそぼった窪みを、上芝は愛しむように指の腹で撫で、何度か指先をまた戯れに含まされて庭中の疼きは増す。

もっと奥まで欲しいとでもいうように、腰を卑猥に揺らめかした。

「あ、嫌だっ……も、もうっ……」

くたりと上体だけを敷布団に預けていた庭中は、腕に抱かれてそろりと仰向《あおむ》けに横たえられた。

「……先生、顔見せて」

命じられるまま男を見上げる。

表情をつくる力などない。蕩けて潤《うる》んだ眸と、緩みきったままの唇で男を見る。額はうっすら汗ばんでいた。湿った前髪を、母親が子供の髪を直すような仕草で撫でつけられる。のぼせて火照った顔を、そっと両手で挟まれた。

「……う…んっ……」

優しい口づけに、庭中は鼻を鳴らした。甘えるみたいに男の首筋に腕を回した。

腰を抱えられる。だらしなく開いた腰の奥に、浴衣の合わせ目から男が押し当ててきたものに、『なにもしない』と言っていた上芝の行為に理解が及んだ。

「……挿《い》れ…るのか？」

庭中が発した言葉に、男はそのまま動きを止める。

上芝は躊躇いを見せた。触れたものは進みも引きもせず、男は突然身動きもしなくなった。

庭中をまっすぐに見下ろし、肩を喘がせる。苦しげに息をつき、庭中の頭の両脇についた手で敷布を掻くと、ぎゅっと拳をつくった。

「……も…待てない。上芝くん……れて、くれ」

「……先生」

痛みがないとは思えなかった。

女性に興味が乏しいからといって、庭中は男に欲情したためしもない。けれど、辛《つら》そうに小刻みに震えている男の背中に手を回した瞬間、欲求はさらに大きくなった。

上芝が、欲しかった。

限界まで高められた性器は膨れ上がり、行き場を求めた欲望が渦《うず》を巻く。解《ほど》き慣らされた場所は切なく喘いでいる。深い快楽を覚えた体は与えられるものを欲して、身の内から庭中を崩壊させた。

自ら腰を突き上げ、上芝の雄々しい昂りに入り口を押しつける。うまくできない。濡れた

狭間を滑るばかりで、どうにもならない。続きを急かす庭中は、男の首にぶらさがりキスをした。音を立てて啄《ついば》み、先を促す。

上芝は応じようとはせず、触れ合う唇を無視して言葉を紡いだ。

「……や…めてください、先生。ダメです……やっぱり、こんなこと間違ってる」

腹を括《くく》ったように言い放った上芝は、身を引いた。

庭中の腕を振り解いて起き上がる。布団の上を逃げ退く男を追いかけ、庭中は思うように動きが伴わない身体を起こした。

縋りつき、押し倒す勢いで男に口づける。

「先っ……」

震える指先でその彫りの深い顔を撫で回し、高い鼻梁《びりよう》を唇で辿った。

顎を舐めてみる。髭が伸びてきているのか、少しざらりとした感触。相手が男である証のその感触すら、庭中を興奮させるものでしかない。

苦しかった。たぶん狂っていた。その気にならなくなった男を追いかけ、必死になっている。

自分はなにをしようとしているのか。なんのためにこの男と寝ようと思ったのか。すべてもう判らなくなった。遠く、遥か遠いところに理由は飛び去り、頭には欠片《かけら》も残っていない。

ただ、上芝の熱が欲しかった。

確かなのはそれだけだった。

「僕は……君が欲しい」

庭中の言葉に、石のように動かなくなっていた上芝の目が見開かれる。

男は、やがて俯くと低い声を発した。

「……やめてください」

両肩を摑まれる。その指の力は強く、肌に食い込むほどだった。痛みに眉根を寄せる庭中に、男は問いかけてきた。

「じゃあ……先生にとって俺はなんですか？　俺の存在はなんですか？」

庭中は一瞬考えてから答えた。

「担当……だ」

その形容は自分の中でも疑問符だ。けれど、ほかに名づける関係を思い当たらなかった。

「優秀な担当だと、思ってる」

必死で男の意に添いそうな言葉を探し、いつもよりさらに鈍くなった頭を巡らせる。

上芝は微笑みもせず、抱き寄せる腕もやってはこなかった。ただ、沈黙だけが襲う。やがて男は乱れた浴衣を直し、ゆらりと立ち上がった。

「か、上芝くん？」

「……少し頭を冷やしてきます」

背を向けられ、絶望的な気分になる。綺麗な背筋の浮いた背中は、庭中の返事も待たず、荒い足取りで部屋のドアの向こうへと消えていった。

一人取り残された庭中は、長い間放心していた。燻《くすぶ》っていた熱がゆっくりと冷めていく。自分の体液でどろどろになった敷布に気がつくと、畳の上を這った。部屋の端にあったタオルを手繰り寄せ、惨めな気分で拭い始めた。

喉の奥から熱い塊が込み上げてくる感じがした。それは上芝が与えてくれた熱とはまったく違う種類のものだった。耳の鼓膜を圧迫し、頭を締めつける。睫《まつげ》毛の先が震え出すのを感じ、庭中はぎゅっと目を固く閉じた。

拭き終えても上芝は戻ってこなかった。しわくちゃになった浴衣を直そうとして、庭中はそのまま背中を丸めた。

布団の上で膝を抱える。いくら待っても上芝は帰ってこない。薄暗い部屋の中に響くのは遠い川のせせらぎの音だけだった。

合間に、ポツと音が聞こえる。膝頭に額を押しつけ、一人きりになった部屋で小さく丸まっていた庭中は、ちらりと顔を起こした。

ついに降り始めた雨が、窓を叩《たた》いてた。

◇　◇　◇

「滝村、おまえってさ……仕事関係の人となんかあったときどうすんだ？」

早飯、早風呂の上芝にしては、珍しくのろのろと箸《はし》を動かしながら言った。

会社のビルの上階には社員食堂がある。外出仕事でもない限り、上芝は昼は食堂を利用していた。ほかの編集部の連中も大抵そうだろう。上芝の座った長いテーブルの向かい側では、偶然居合わせた滝村が定食を食べている。

大人気なくもピーマンを避《よ》けながら酢豚を食べている男は、よっぽど苦手なのかしかめっ面だ。しかし、上芝の独り言めいた呟きには、ゴシップの匂いでも感じ取ったのかきっちり反応を示してくる。

「なんかって？　どういう意味だ？」

「どういうって……だから、ついうっかり……寝てしまったときとかだよ。気まずくねぇの？」

それこそ、『ついうっかり』そんなことを滝村に尋《たず》ねてしまったのは、いかにもそんな軽率な過ちを繰り返していそうな男だからだ。実際、噂にも上っている。その手の社内の話にまるで興味のない上芝の元まで伝わってくるぐらいだ、元は根が深いに違いないと思っていた。

けれど、返ってきたのは予想外の反応だ。

「はぁ？　あるわけないだろ、そんなの」

「えっ、ないのか？」

「社会人たるもの、仕事とプライベートはきっちり分けないと」

滝村にまさかそんなことを諭されるとは思ってもみない。上芝が焦り顔を晒《さら》してしまったのを、男は見逃さなかった。

「なに、おまえ誰かとやっちまったの？　うっわ、大胆。もしかして……」

「やるわけないだろ、それ以上言うな」

「言われて困るのは、なにかあったからじゃないのか？　だいたいおまえの口からそんな話を聞くとはね。節度は守れよ？　俺はちゃんと気に入った相手を見つけたら、口説いて、デートに誘って、合意の上で家かホテルだ。仕事中なんてあり得ません」

自信満々。胸を張って言ってのける男に、上芝はなにか訊《き》き違ったかと思った。

「は？　おまえ、今なんて……」

「だから仕事関係の女の話だろ？　仕事とプライベートは別、デートは仕事が終わってからって話だ」

「……バカ、それを仕事相手と関係してるって言うんだよ」

呆れるしかない。この男に訊いたのが間違いだったと、上芝は心底思った。

トレイの上のプラスチック製の湯のみに視線を落とし、溜め息をつく。重苦しくなるばかりの溜め息は、なにも滝村が独自の持論をぶちまけたからではない。

湯のみの中の緑茶の色は、あの日見た川の色に似てなくもなかった。虫の鳴き声と森の深い緑、逞《たくま》しく力強い川の流れ。生命の営みに満ち溢れた山の景色を思い起こす。

あの夜の庭中のことも。

ついうっかり滝村に妙なことを訊いてしまったのは、そのせいに尽きる。

月は変わり、もう九月に入っていた。だが月が改まろうと、一週間や十日そこらで記憶が薄れるはずもない。

あの夜、本気で求められていると錯覚しそうになった。今まで積極的に誘ってくれる女性もいなくもなかったけれど、あんな風に情熱的に求められたのは初めてだった。しかも相手は庭中だ。

『君が欲しい』

いつも冷淡な棒読みのような声で話す男は、うまく言葉が発せないのか、声を裏返らせていた。甘い声、淫らな表情、見せつけられても理性が勝ったのは奇跡に等しかった。

気がふれそうに苦しかった。押し止め、庭中を諦めるのは多大な努力を要した。

ただの担当。そう返され、やはりという気持ちと落胆がひしめき合った。熱に浮かされただけ、創作意欲を高めるために抱き合った末の延長。庭中にとっては、それだけに過ぎなかったのだろう。

好きだとはっきり告げてしまえばよかったとも思う。

けれど、断られたとして元の関係に戻れる自信がない。自分は仕事は仕事とどうにか割りきる。でも庭中は？　いや、あの性格だ、べつに惚れてきた相手を袖にしても、気に病んだりしないかもしれない。

結局——簡単になかったことにされてしまうのを恐れ、婉曲《えんきょく》に問いかけたのだろうか。

庭中は今どうしているだろう。あの夜、旅館のロビーで真夜中まで過ごして部屋に戻ったときには、庭中は寝入っていた。早朝、旅館を出るときには、もういつもの庭中だった。冷めた顔の男に、夜の出来事は過ぎた記憶でしかないのだと思った。

だが、あれから……庭中が原稿を上げてこない。

連絡もない。調子が悪いと悩んでいたが、復調しないだけなのか。

電話をしても『間に合わせる。今忙しい』と取りつく島もなく切られた。原稿は今まで早くに送られていた回のストックがあり、まだ〆切には余裕がある。催促するほどじゃない。

でも——

上芝はぼんやり見つめていた湯のみを引っ掴むと、ぐいと茶を飲んだ。

エアーストーンから湧き上がる気泡が、水面の縁を波立たせる微かな音は、目を閉じると川のせせらぎの記憶を呼び起こした。

仕事は、女性担当のいる出版社へのプロットを仕上げ、もう一本抱えていた小説誌の短編を、どうにか三日遅れで夕方取りにきた編集者に渡したところだった。

あとは『レクラン』編集部に送る原稿を上げるだけだ。

書斎の椅子に座り、瞑想《めいそう》に耽る僧侶のように軽く目蓋《まぶた》を落としていた庭中は、眉を険しく寄せ目を見開いた。

ほかの原稿はなんとか調子が戻ってきたが、『レクラン』の作品に限って進まない。元々少ない枚数、この回に残るは、あとほんの数枚でしかないのに足踏みだ。

「……彼女は幸福の中にいた。男と出会い、自分の人生がどんなに味気ないものであったかを知った。彼女は今……いま……今、なんだ？」

パソコンの画面を見つめ、最後に書いた文を読み上げる庭中は、一週間前と一字一句変わらない言葉を吐く。

時計も同じく夜の九時に変わろうとしていた。最後にこの作品のファイルを開いたときとまったく変わらぬ状況。違うのは、目を閉じると脳裏を過《よ》ぎる雑念が増えたことだけだ。

八月の最後の週。上芝と会った一日が走馬灯のように巡る。一周しては、また頭から繰り返し、クルクルと回り続ける。

不意に玄関のチャイムが鳴ったのが聞こえた。

「……くそっ」

舌を打ったのは遅々として進まない原稿に向けてだったが、苛ついた顔のまま立ち上がる。

玄関に向かいながら、こんな時間に誰かと思ったものの、まさか頭から離れないでいる男が実際に訪ねてくるとは思ってもみなかった。

「すみません、急に来てしまって……電話しても話してもらえないと思ったんで」

玄関ドアの向こうに立っていたのは上芝だった。庭中は一瞬黙り込んだのち、普段と変わらぬ口調で問いかけた。

「原稿のことか？」

「えっと……まぁ、そうです。調子が悪いって言われてたんで気になって……」

「押しかけてきたって変わらない。君に原稿が書けるわけじゃないだろう」

きつい声で言い放った庭中は、上芝の表情が暗くなるのを見て取り、声音を和らげる。

「……すまない。寝不足が続いて苛々してるんだ」

中に入るよう促す。追い返してもよかったが、戸口を塞《ふさ》いだ身を引いて迎え入れた。

まともに電話に応じなかった負い目もあった。原稿を落とすつもりはさらさらないし、電話では今までも用件を端的に話すのみだった。けれど、不必要に刺々《とげとげ》しかったかもしれない。

庭中は上芝と接触するのを避けていた。声を聞けば、ますます自分は書けなくなる気がしてならなかった。

「じゃあ……少しだけ」

上芝は遠慮する素振りを見せていたが、スニーカーを脱ぎ始める。

先に部屋に戻る傍ら、庭中は壁の日めくりカレンダーを確認した。頭の上で上芝と会話する時間を計算し、今夜の予定を数十分ほどずらすのを考えた。

「大事にしてくれてるんですね」

なんのことかと思い振り返れば、居間に入った男は続き間の書斎に目を向けていた。書斎の広い机の隅にはマリモを入れたガラス器がある。

「ただのそうめん鉢だ」

「そ…うめん？」

「ああ、昔もらったのが使わずにあったから利用しただけだ」

「けど、エアーポンプ……」

「買い物のついでに買っただけだ。死なれたら夢見が悪くなりそうだからな」

「夢見……先生がマリモで？」

庭中は黙って書斎に続くドアを引き閉じる。

マリモは可愛がってるといえなくもない。けれど、大事にしていると上芝に知られるのは何故かやはり抵抗があった。

居間の真ん中に位置する白い革ソファに腰を下ろし、庭中は告げる。

「原稿はあと数枚だ。心配いらない。ほかの原稿に時間を取られて書けなかっただけだ。必要なら今書き上げているところまで渡すが？」

「いや、そこまでしてもらわなくても大丈夫です。週明けまでにもらえれば……なんなら、もう一日二日延ばすこともできますよ」

「……そうだな、最悪はそうしてもらえると助かる」

今の状態を考えるに、万が一もあり得る。

迷って頷く自分を見つめる上芝は、L字型のソファの端に座ると、顔色を窺い気味に尋ねてきた。

「やっぱり……まだ大丈夫じゃないんですね。調子は戻ってないんでしょう？」

「だったらなんだ。君がどうにかしてくれるのか？」

上芝は視線を泳がせ、一瞬黙り込む。膝の上に肘をかけ、足の間で組んだ手をしばらく揺すり始めた男は、口を開くと言った。

「先生、こないだのことですけど、すみませんでした」

「こないだ？」

「奥多摩の夜のことです」

途端に庭中は上芝の目が見られなくなった。ソファの背凭れに片腕を投げ出し、上体を僅かに上芝とは反対のほうへと向ける。

「何故君が謝るんだ。君は僕が頼んだからそうした。どこに謝る必要がある？　結局、僕の調子は戻っていないからか？」

「先生が……やっぱり気にしてるように見えるから。俺を意識的に避けてないですか？」

真率《しんそつ》な男の声にカッとなる。それが余計に意識していると示す行為になるのも判らず、思わず庭中は強い声で言い返した。

「気にしてる？　僕がか？　どうしてだ、あんなことをするのは初めてだったからか？　それとも……」

それとも、なんだろう。

言葉に詰まる。訪れた二人の間の沈黙を破り、軽快な音楽が鳴り始めた。どうやら上芝の携帯電話の着信メロディだ。

上芝は取りたくないのか無視していたが、鳴りやまない音に渋っ面を浮かべ、ジーンズの尻《しり》ポケットから電話を引き抜く。

ディスプレイを確認する様子もなく、忌々しげに電話に応じる。けれど、おざなりにできない相手だったのか、急に口調は優しくなった。

「……夕莉子《ゆりこ》さん。ああ、どうも。こんばんは」

確認するように女性の名を呼んだのが聞こえた。

わざわざ席を外す気にもなれない。傍に座っていれば、応じる声は自然と庭中の耳に飛び込んでくる。

「……今からですか。どうしたんですか、こんな時間に」

天井の高い部屋に、上芝の声だけが響く。

「いや、会社はもう出てますけど……そう言われてもすぐには……」

上芝は少し困っている様子だったが、電話の相手の要望を聞き入れることにしたらしい。

「判りました。じゃあ都合がついたら電話します」

携帯電話をポケットに戻した男に庭中は言った。

「誰だ？」

口にしてから、訊く必要はないと気づく。自分が作家で上芝がその担当だろうと、プライベートに口を突っ込む権利はない。

「いや、べつに答えなくていい」

慌てて付け加える庭中に、上芝はさらりと言った。

「前に見合いをした彼女です。友達になったんで」

「友達？　君は見合い相手と友達に……」

見合いは上芝が放棄して破談になったんじゃなかったのか。見合い相手と友達になる不自然さは庭中にも判る。

まずは友達から、という関係だろうか。

追及しそうになる自分が煩わしかった。

「……帰ってくれ。話はもう終わった。君も用事ができたんだろう？　僕もこれ以上君がいると気が散るだけだ」

「でも……」

「原稿の邪魔だ。人がいては書けない」

まだなにか言いたげな男を追い払う。

庭中は帰りを促して立ち上がり、書斎に籠《こ》もった。閉じた扉越しに、玄関ドアの閉まる重い音が遠く聞こえる。上芝は家に帰ってからわざわざ出向いてきたのか、やがて表で車のエンジンの唸る音が聞こえた。

窓のロールスクリーンの隙間から、点ったヘッドライトの光が微かに見える。

その光を目にした庭中は、いても立ってもいられない気分になり、バッと椅子から立ち上がった。玄関に出していた革のローファーを素足に引っかけ、鍵の開いたままの玄関ドアの向こうへ躍り出す。足の動くまま、家の前の路地に飛び出していた。

暗がりの先で光が瞬《またた》くのが見えた。赤いストップランプが路地の先で、一度だけ。車は角を曲がって行ってしまう。後ろ姿が見えなくなっても、庭中はその場に突っ立ったままだった。

家の前で、ぼんやりといつまでも立ち尽くした。足は地面に貼りつき動けない。残暑厳しい九月の夜の、生暖かい外気だけが体を包む。

原稿はまだ終わっていない。早くパソコンの前に戻らなければ、今夜の予定がまたずれ込む。風呂には入りたい。十一時には風呂を沸かして、十一時半には風呂を上がって、原稿に戻って、それから、それ……から——

路地の先を見据える視界が、揺らいだ。

あの夜、一人布団の上で膝を抱いたときのように、熱の塊が体の内から込み上げる。耳の奥が圧搾されたようになった。

目頭が熱くなり、睫毛の先が震え出す。

「あれ？　あんた……んなとこにボーっと突っ立って、なにやってんの？」

庭中は聞こえてきた声のほうに、色をなくした顔をゆっくりと向けた。

眩しいオレンジのTシャツに破れたジーンズ。サンダル履きで手には缶ビールの入った袋を提げた男が、路地の反対側から歩いてくる。

隣のボロアパートのゲイの住人、八川《はちかわ》だ。

「よっ、なに呆《ほう》けてんの？」

久しぶりに見かける八川は、気味が悪いほどに愛想よく庭中に話しかけてきた。

「ああ……君か。僕は忙しい、話しかけないでくれ」

「忙しいって……ボケーっとしてるだけじゃん。ご挨拶《あいさつ》ってやつだなぁ。あんたさ、友達いないだろ？」

「それが君の人生になにか影響するのか？　忙しいって言ってるだろう。遊び相手が欲しいなら、さっさと恋人のホモでも呼ぶといい」

相変わらずな庭中の喋りに、八川は肩を竦めてみせる。そしてはにかんだ笑いを見せた。

「その恋人のホモの件だけどさ……この前はありがとうな」

なんのことやら判らない。

「ケンカ、止めてくれただろ？」

言われて初めて、いつだったか路地で大ゲンカを繰り広げ、自分が注意したのを言っているのだと判った。

「べつに君のために痴話ゲンカを止めたわけじゃない。うるさいのが迷惑だっただけだ」

「まぁね、あんたにそんなつもりはなかったんだろうけどさ。おかげで揉《も》めてたの、どうにかなったから」

八川は照れくさそうに笑った。そうしていると、しおらしい青年にも見える。無表情に見返すままの庭中に、彼は事の原因を話し始めた。

「祐二《ゆうじ》がさぁ……ああ、祐二ってこないだの俺の恋人の名前なんだけど、『家族にカミングアウトなんてそう簡単にはできない』って言うもんだから、なんかケンカになっちゃって。

でもまぁ……あんたが言ったみたいに、人種とか宗教違うわけじゃなし、どうにかなるって結論に達してさ」

怪我《けが》の巧名だ。毒舌なだけの庭中に、二人の仲を取り持つ親切心など欠片もなかった。

「ほら、だいたい俺、あんま難しく考えんの得意じゃないんだよね、あははは……」

茶髪の頭を掻く。八川は豪快に笑い出したが、不意に頭を掻く手を止めた。

庭中に目を向け、ぎょっとなった顔をする。

「ちょっ……ちょっとっ、あんた、な、なに泣いてんのっ？　今の一緒に喜んでやるところだろ？」

庭中は表情も変えず、眸の縁から涙を流していた。

「……知らない。判らない。だから忙しいって言っただろ」

「な…んだよ、それ。いい大人が泣くほどの理由が判らないのか？」

「知らないものは知らないんだ。判らない、どうして涙が出てくるのか」

ぼろぼろ泣きながらも、口だけは普段どおりに動く。

「変なヤツだな、ホントにあんた。なんかあったのか？　話してみろよ、こないだの礼に聞いてやるからさぁ」

「何故赤の他人の君に話さなきゃならない？」

「……って、俺べつに知りたがってるわけじゃないんだけど？　でもま、赤の他人だから話

せることってのもあるんじゃねぇの？　アレだな、王様の耳はカバの耳ってヤツだ」

「ロバだ。君は読み書きはちゃんとできるのか？」

八川はむっとした顔になる。けれど、どうにか耐え凌《しの》いだ様子で、庭中が話し始めるまでじっとこちらを窺い待っていた。

庭中は俯き、顔を伝って顎からアスファルトの路地に涙が落ちていくのを、他人事のように見る。

それから、ぽつりと漏らした。

「この前、男と寝た」

八川が驚いたか庭中には判らなかった。俯いたままで話し続ける。仕事で知り合った男に、訳あって抱いてくれと頼んだと。詳しくは話さなかった。

男は聞き入れて抱いてくれた。けれど、途中で嫌がられて放り出された、それだけ……それだけだが、考えると仕事は手につかず、今に至っているのだと打ち明けた。

「訳あって男に抱いてって……まぁ……いいや」

八川の引っかかりどころは、そこだったらしい。口を一旦《いったん》噤んだ彼は、呆れたように言った。

「あんたさ、できるのは読み書きだけだろ？」

自分の吐いた言葉を皮肉って寄こされた。

「そりゃさ、恋に決まってんじゃん。その男に惚れてんだね、ご愁傷様。とんだバカだよ、あんた。んなことも判んねぇの？　マジで？」

庭中は顔を上げる。

涙で不快な顔を腕で一拭いし、恋だと断言した八川の顔を穴が開くほど見つめ返した。

「こ…い？　彼は男だ。僕も。男に恋するのは変人だ」

「それ、俺に言う？　しかもあんたにだけは言われたかないね、変人の。ま、どうでもいいけどさぁ……あんたにいいもん持ってきてやるよ。ちょっと待ってろ」

『しょうがないな』と呟き、八川はアパートに向かい、階段を駆け上っていく。二階の真ん中の部屋に飛び込んだ男は、戻ってきたときには缶ビールの袋の代わりに一冊の本を握り締めていた。

突き出されたハードカバーの本に、庭中は怪しむ。

「安心しな、ホモ本じゃねぇから」

そう言って笑う八川に、無理矢理庭中は本を手に握らされた。

「あんた、俺のことホモの恋愛バカだって思ってるみたいだけど、恋はいいもんだよ。『恋のない人生なんて、棺桶《かんおけ》に入って命が終わるのを待っているようなもの』ってな。ほら、俺のバイブルを貸してやるから、これ読んで恋愛の素晴らしさをあんたも勉強しな」

「こ…れを？」

「ああ。じゃあな、しっかりしろよ！」

にかりとした笑顔を残し、八川はアパートに戻っていく。

庭中は呆然《ぼうぜん》となった足取りのまま、家に戻った。玄関に入ったところで、八川に手渡された本を見つめる。

ドアに背中を預け、淡いサーモンピンクが基調の本の表紙を見る庭中の目には、引いたかに思えた涙が舞い戻ってきた。

庭中は笑いながら泣いた。情けなくて、自分の情けなさが可笑しくて——そして、哀《かな》しかった。

八川の口にした本のセリフは、よく知っていた。ロクでもない男に一途な愛を傾けては振られ、それを繰り返す女が、自分を馬鹿《ばか》にし嘲笑《あざわら》った人間に向けて吐きつける言葉だ。

『庭中まひろ』

そう著者名の打たれた本を手に、庭中はしゃくり上げた。庭中の処女作だった。

どんなに自分が愚かで、馬鹿な人間かを思い知った。恋愛小説をいくら書き綴っていても、自らの恋にも気づけない。

自分は、あの男が好きなのだ。

好きで好きで堪らなくなっている。だから上芝に会う度、彼の一挙手一投足に心を動かし、最後は抱かれたいとまで願った。

我を忘れて縋りついた。それを拒絶されて傷つき……そして今夜、彼に将来を共にするかもしれない女性がいると知って、また傷ついている。

馬鹿だ。愚かしい。恋に興味がないなんて、嘘だ。

上芝の言ったとおりだった。

庭中は心の隙間に気づいた。自分がどうしようもなく寂しい人間で、孤独だということ。

上芝に渡す小説が書けなくなった理由――

同調し過ぎた。ヒロインと自分は大きくずれ始め、その分かれた道の先を描けなくなった。

『自分の人生がどんなに味気ないものであったかを知った』

そう語る小説のヒロインには、明るい未来を用意しなければならない。自分が頭に思い描く幸福な結末。予見された未来。

けれど、自分の行く末にはなにも見えない。

家の中には、寂しいと泣きじゃくる情けない男が一人いるだけ。

誰もいない。

傍にいてほしい人、恋しい男の姿はなかった。

みなさま、こんにちは。初めましての方がいらっしゃいましたら、初めまして！

この度は、過去の作品をまた文庫化していただくことになりました。

しかも二冊！　すみません、また激しくずうずうしくてすみません！

この作品の生い立ちはちょっと変わっております。『読者様のアンケートにお答えしてキャラを作る』というものでした。初出となります雑誌での企画です。そこで、『編集×作家』というお題をいただいたわけですけども、今思えばあまりにもナチュラルにお題に馴染んでしまっていました。非常に自分好みのカップリングで、もし自ら出版社ものを書いたとしても、『編集×作家（変な人）』を選んだと思います。

最後まで楽しく書かせていただいたお話でした。企画に選んでもらってワクワクした覚えも。私にしては珍しく、明るい記憶しか残っていません。いやいつものメソメソはあったかもしれないのですが、今はすっかり忘却の彼方……喉もと過ぎればなんとやらでしょうか。

この作品の企画では、他の作家様のキャラを登場させるという展開もありました。大事なキャラをお借りしたままというわけにはいかないので、今回脇キャラは新たに二名ほど加えております。『何故、今更新キャラ!?』とお気づきになった方も、お一人ぐらいいらっしゃるでしょうか。だ、誰にも気づかれなくても、それはそれで淋しいような。

主人公キャラでもないのに、あまり登場させても……と前作をならった少ない顔出しですが、このキャラ二名もわりと気に入っています。下巻でもちょっとだけ登場しますので、読んでいただければ……って、本当に誰も望んでなさそうな加筆訂正ですみません。

上芝と庭中のラブ（？）も微妙に増量中です。下巻では、その後の二人なども書けたらと模索しております。か、書けなかったらどうしよう！

あと、この話は私にしては珍しく複数カップルものっぽいところがありまして、今回久しぶりに読み返し、またそういった話も書いてみたいなぁという気持ちになりました。番外編で新キャラと……という展開は何度かあるのですが、最初からはこの作品だけやも。複数のカップルがいると私にはバランスが難しく、「ああっ、こっちのカップルのエピソードとか誰も読みたくないかも」と小心が頭をもたげてしまい、優柔不断全開で話が進みません。だ、誰かに強い心を与えていただかねば……。

そして、今回イラストは陵クミコ先生に描いていただいております。陵先生とは遥か以前に某所で奇跡的に知り合いになってから、時々お話もさせてもらっているのですが、こうしてお仕事でもご一緒できて嬉しい限りです。陵先生の透明感のあるイラストでの二人、本になって拝見するのをとても楽しみにしています。ありがとうございます！

私の稚拙な文章ではキャラの表現がなかなか行き届かないところ、二度もイラストにしていただくことになり、申し訳ないやら有り難いやら……以前のノベルズをご存知の方も、そうでない方もいらっしゃるかと思いますが、どちらの二人もきっと好きになっていただけると思います！　文庫は下巻の表紙もラフでちらりと見せていただいておりまして、ロマンチックで可愛らしいイラストにときめきました。そちらも楽しみにしています。わ、私も手直しなどを頑張らねば……いい励みができました。

イラストの陵先生、編集部の方々、この本に関わってくださった様々な皆様、お力添えありがとうございます。過去の作品になると普段以上に稚拙さが露呈し、転げ回りたくなってしまいます。果てしなくどうでもいいことですが、この話は庭中が『誤字脱字のない作家』ということになっているもので、校正になると私の居たたまれなさは倍増です。理由は……お察しください。

なにはともあれ、思い出深い作品をまた本にしていただけて幸せです。

読んでくださった皆様、本当にありがとうございます！　ご感想、ご意見などありましたらなんなりとお聞かせください。

この話を初めて書いてから何年も月日が流れているのですが、再び手に取って下さった方もいらっしゃるかと思います。きっと環境もいろいろ変わられているのではないでしょうか。また気分転換のお供に少しでもしていただけましたら幸いです。

そして、ご縁があって今回初めて手にとってくださった方にも、どうか楽しんでいただけますように。皆様、また次回も元気にお会いできると嬉しいです！

２００９年５月　　砂原糖子。

「十分です」

シルバーのフレームの腕時計に目線を送り、庭中《にわなか》はもう一度繰り返した。『十分で済ませる。だから待っててくれ』とタクシー運転手に告げ、その土地に降り立った。

元国有地。競売で運よく競り落とした土地は、半年前に見たときには雑草の生い茂る荒れ放題の空き地だったが、今は住居の一階部分の配筋と、型枠の工事までが終わっている。以前は『国有地』と立て看板の刺さっていた場所には、立派な工事看板も掲げられていた。

シンプルで丈夫ならそれでいい。そんな自分の希望に添った家は、打ち放しコンクリートの予定だ。設計士が見せてくれたイメージ画どおりの窓が型枠の中にも造られており、およその外観が見え始めている。

現場を見にきたのは久しぶりだった。風の爽《さわ》やかな午後だ。型枠の間から幾本も突き出た鉄筋は、初夏の晴れ渡った青空に向かってまっすぐに伸びている。

路上のタクシーを離れ、工事現場に足を踏み入れた庭中は、空を仰ごうとして眉《まゆ》を顰《ひそ》めた。

型枠の家の中から声がする。

『ここにカウンターキッチンをつけるんだ』

それは明らかに迷い込んだ野良猫の鳴き声などではなく、人の声だった。

今日は日曜だ。工事は休みで、作業員は出入りしていない。仕事熱心な設計士や現場監督がうろついているにしては、その声はあまりにも弾み、鼻歌でも歌い出しそうだった。

「広いシンクがいいね！　使い勝手の悪い台所なんて俺、嫌だよ。寝室は東向きだけは勘弁な。朝日で起こされるなんて健康的過ぎてやだし。なぁ、シゲは？　おまえはどんな家がいい？」

まるでマイホームを夢見る女性の会話だ。けれど、明朗に響く声はどう聞いても男の声。型枠の中に造られた、玄関になるはずの大きな間口を潜《くぐ》って中を覗《のぞ》くと、二人の若い男が足場の傍《そば》に据え置かれた脚立に腰掛け、足をぷらぷらさせていた。

「家ねぇ。そんなもん買うあてもないし？　来月の家賃払うのもやっとだってのに、考えてどうするよ」

最上段を跨《また》ぐようにして座った男は、気乗りがしない返事をする。

その膝《ひざ》に凭《もた》れて腕を投げかけ、明るい茶色の髪をした男は唇を尖《とが》らせた。

「ちぇ、シゲって夢ねぇのな」

「夢ないっつーか……」

面倒くさげに応える男がふとこちらを見れば、目が合う。男の顔が『あ』となる。

庭中は追い討ちをかけるように言った。

「ここでなにをやっている？」

『やべぇよ』と茶髪男の頭を男は小突いた。慌てて脚立から飛び降りる。

「いいじゃん、べつに。悪いことしてねぇもん」

茶髪に悪びれた様子はなかった。立ち上がりもしない。不満そうにこちらを見たアーモンド型の大きめの目を、庭中も不服の眼差《まなざ》しで見返す。

柳眉《りゅうび》をくっと僅《わず》かに吊《つ》り上げ、半袖《はんそで》シャツから伸びた日焼け知らずの白い腕を組む。

「悪いことならしてるだろう。ここは僕の土地だ。たとえ猫や子供でも入れる予定はない」

「へぇ、心狭いのな」

「だったらなんだ？　ままごとがしたいなら余所《よそ》でやってくれ」

「ま…ままごと⁉」

「おい、やめろよ。ほら、もう行こうぜ。俺、これからバイトも……」

脚立から腰を上げる気配もなく、それどころか一触即発なムードの茶髪を、男が引っ張る。

男はジーンズの尻《しり》ポケットから携帯電話を取り出すと顔色を変えた。

「やべ、こんな時間かよ！　マジで早く行かねぇと！」

「え、もう？」

「もうって、昨日からずっと一緒にいたじゃねぇかよ。昼からバイトだっつってんだろ？　こないだも遅刻してんだよ、おまえがしつこく引き止めるから！　ったく、今度遅刻したらクビだって店長に言われてんだって！　じゃあ、またな！」

「あ、シゲ……」

茶髪が引き止めようとするのも構わず、男は駆け出していく。

両耳にどっさりと重そうなシルバーピアスを並べた男だった。脇《わき》を擦り抜けていく瞬間、タンクトップの浅黒い腕に刻まれた小さなタトゥーも庭中の目に映った。

頼まれても近づきたくないタイプの男だ。もちろん、いくらか見た目がマシなだけの茶色い髪の男も。

「出ろ。君もだ」

庭中は命じた。

「はいはい、出りゃあいいんだろ。今出ますって」

ピアス男がいなくては、ここにしがみつく理由もないらしい。あっさり庭中の土地から出た男は、道路に一歩踏み出すと嫌味ったらしく叫ぶ。

「ほらよ、もう出ました！　なんか文句あるか⁉」

庭中は煩《うるさ》い声に、軽く耳を塞《ふさ》いでみせただけだった。

どうせ素人目にはできの良し悪《あ》しなど判《わか》らない型枠の家の周囲を徘徊《はいかい》し始める。にょっきり飛び出たグレーの配管に、『こんなところに水回りがあっただろうか』と考えあぐねていると、脇から呻《うめ》くような声が聞こえた。

「なぁ」

茶髪は地面にしゃがみ込んでいる。

「なぁってば！」

その目線は、男の走り去った道路の先を見据えていた。無視しようとした庭中に茶髪は言った。

「あいつが店長にクビにされたらさぁ、俺って振られると思う？」

意味が判らず、思わず顔を向ける。

茶色の髪は日差しを浴びて金色に輝いていた。パーマなのか天然っ毛なのか、くるりとウェーブがかった男の髪は、風にふわふわと頼りなく揺れる。

「俺ってさ、どうも恋愛依存気味なんだよね。ほか見えなくなっちゃうっていうかぁ。俺が引き止めるからいっつもあいつ遅刻してるし……なぁ、振られんのかな？」

ここまできて、ようやく庭中は『ああ』と思った。さっきのアレと、おしゃべりなコレはそういう仲なのか。

世の中に同性愛者が存在することぐらい、たぶん小学生でも知っている。ちょっとばかり珍しいだけ。どうでもいい事柄を知ったに過ぎない。

庭中は特に驚きもせず、煩わしそうな表情で男を見やっただけだった。

「さぁね。僕に判るわけがないだろう」

「……つまんねぇ答え。ホモと関わり合いになるのはごめんだとか思ってんだろ？」

「君と関わる予定は元からない」

ちらりと時計を見る。予定の十分が経《た》つのはすぐだ。無駄話をする時間はない。

一貫して無愛想な態度の庭中に、男は面白くなさそうだった。

道路と土地の境界線に並んだ三角コーンがカラカラと転がる。茶髪が蹴《け》り飛ばした。

「ホモの悩みだからって、他人事《ひとごと》と思ってんなよ！」

「他人事だろう」

取りつく島もない。態度を崩《くず》さない庭中に、男は負けじと張り合い、捲《まく》し立てた。

「ふん。大学卒業して就職して、結婚して、おまけに子供つくってから、そっちの世界の人間だって気づく奴だっているけど？　あんた、女いんの？　もしかして結婚してマイホーム建ててるとこ？　そんなのどうなるか判らないね、いつか軌道修正する羽目になるかも……」

「生憎《あいにく》、修正が必要になるような人生は送ってない」

「ふうん、順風満タンってやつ？」

「順風満帆と言いたいのか？」

至って冷静、さっくり訂正した庭中に、男の頬《ほお》に赤みが差す。

「……くそ」

唇を嚙《か》むとき右側を嚙むのは癖なのか。

悔しげにきつく噛み締めると、憤懣《ふんまん》をぶちまけてきた。

「クソ、クソ、クソったれ！」

些細《ささい》なことで感情的になる男。しかも判りやすく、鬱陶《うっとう》しいほどに激しく目まぐるしい。

「どうせ俺は順風満…帆じゃねぇよ。来年の今頃はシゲとだって別れてるさ。一年……いや、半年……さ、三カ月もったことねぇもん」

今度はしょんぼり肩を落とし、呟《つぶや》くように言う。

「ふん。いいさ、慣れてっしな」

寂しげな言葉を残し、その場を去ろうとして茶髪は振り返った。『あ』と声を上げ、またしても工事現場に踏み込もうとした男の肩を庭中は反射的に引っ掴《つか》んだ。

見た目より華奢《きゃしゃ》な肩だった。

「入るなと言ってるだろ」

「忘れ物したんだよ！　脚立んとこ！」

庭中は溜《た》め息を堪《こら》えつつ、型枠の玄関から再び中を覗いた。どうせライターや煙草《たばこ》の類《たぐい》だろう。渋面でそう思いつつ目にしたのは、カバーのかけられた書籍だった。

「これか？」

「そう、それ！」

真新しい書店の紙カバーに、ゴム留め。買ったばかりと見える本に、少しだけ興味を覚えた。

「今日、発売日で楽しみにしてたんだ。返せよ、見るな！」

表紙を捲《めく》りかけた庭中の手から本を奪い、男はその場を離れる。隣のアパートの駐車場の囲いブロックに腰を下ろし、本を開いて確認していた。

追いかけてまで知りたいとは思わない。庭中はすぐに目を逸《そ》らした。

タイムリミットの十分がくる。タクシーの窓を軽く叩《たた》くと、半目を閉じて居眠りモードだった乗務員が慌てて後部シートのドアを開ける。

あの男、近所に住んでいるのだろうか。

あんなはた迷惑な男と隣近所なんて絶対ごめんだ。そう思いながら、庭中は走り出す車の中で窓の外を見やる。ゆっくりと動き出した景色の中に、隣の今にも傾きそうな古いアパートの二階に上がっていく男の姿を目にした。

茶色い頭をひょこひょこ揺らしながら、男は本を大切そうに胸の辺りに抱えていた。

✦初出　ラブストーリーで会いましょう…小説アイス2003年7月号・9月号
未来が変わる前に…………………アイスノベルズ「ラブストーリーで会いましょう 上」（2004年6月）

砂原糖子先生、陵クミコ先生へのお便り、本作品に関するご意見、ご感想などは
〒151-0051 東京都渋谷区千駄ヶ谷 4-9-7
幻冬舎コミックス　ルチル文庫「ラブストーリーで会いましょう 上」係まで。

幻冬舎ルチル文庫

ラブストーリーで会いましょう 上

2009年6月20日　第1刷発行
2012年5月10日　第2刷発行

✦著者　砂原糖子　すなはら とうこ

✦発行人　伊藤嘉彦

✦発行元　株式会社 幻冬舎コミックス
〒151-0051 東京都渋谷区千駄ヶ谷 4-9-7
電話 03(5411)6432［編集］

✦発売元　株式会社 幻冬舎
〒151-0051 東京都渋谷区千駄ヶ谷 4-9-7
電話 03(5411)6222［営業］
振替 00120-8-767643

✦印刷・製本所　中央精版印刷株式会社

✦検印廃止


ISBN978-4-344-81685-5　C0193　Printed in Japan